KB040531

푸른 수염의 방

푸른 수염의 방

홍선주 소설

nabiclub

차례

푸른 수염의 방   7

G선상의 아리아   47

연모   77

최고의 인생 모토   137

자라지 않는 아이   207

작품 해설   234

작가의 말   252

푸른 수염의 방

2020년 1월 24일, 긴 설 연휴가 시작되는 첫날 새벽.

연수는 식은땀에 흠뻑 젖은 채 번쩍 눈을 떴다. 온몸이 축축했고 손은 바르르 떨려서 제어할 수 없을 정도였다. 연수는 두 손으로 양팔을 감싸 안았다. 본능적으로 쌍둥이인 은수가 위험하다는 것을 느꼈다.

은수가 사라진 지 석 달이 되어가던 때였다.

2020년 2월 19일, 사고 1일 전.

분명히 죽었다. 아니, 죽였다.

숨이 끊어진 것을 확인했는데, 차갑게 식은 시체를 확인했는데, 왜 자꾸 은수가 눈에 보이는 건지 남자는 이해할 수 없었다.

은수는 이전에 그와 지냈던 여느 여자들과는 달랐다. 누구보다 살가운 성격이었다. 아마 어린 나이에 길바닥에 나와 생활하는 동안 의지할 사람이 없어서였을 거라고, 그래서 자신의 존재가 그 어린 여자에겐 더 의미가 있었을 거라고 남자는 생각했다. 어쩌면 그래서 남자도 은수에겐 조금 더 시간을 주었던 건지도 모른다.

하지만 이미 끝난 일이었다. 약속을 어기면 그 대가로 벌을 받기로 약속했고 은수는 약속을 어겼다. 그게 그녀의 잘못이든 아니든 상관없었다. 사실 이곳에 와서

푸른 수염의 방

지내는 여자들이 결국 마주하게 될 끝은 이미 처음부터 남자가 설계해두었으니까.

남자는 이제 은수의 시체도 처리할 때가 되었다고 생각했다.

†

2020년 2월 2일, 사고 18일 전.

일요일 아침. 남자는 평온한 분위기를 만끽하며 거실 창가에 서 있었다.

남자의 집은 거실을 중심으로 왼편에는 욕실이 딸린 침실과 서재, 오른편에는 손님방과 손님 욕실, 드레스룸, 그리고 문이 잠긴 작은방 하나가 나란히 있는 상당히 넓은 레지던스였다. 부엌은 거실 통창이 내다보이는 뒤편에 자리했다.

바깥을 보고 있던 남자의 얼굴에 미소가 떠올랐다. 바람에 흔들리는 나무들의 리듬감과 잔잔한 클래식 선율이 묘하게 맞아떨어져 기분이 좋아서였다. 따라란 딴. 따라란 딴.

그런데 갑자기 남자가 기겁한 얼굴로 뒤를 돌아봤다. 뭔가를 보았기 때문이다. 눈을 동그랗게 뜨고, 자신의 뒤편과, 뒤편이 반사된 앞쪽 창을 빠른 동작으로 번 갈아 살폈다.

하지만 아무것도 없었다.

남자는 눈살을 찌푸리며 방금 확인한 창문을 다시 주시했다. 분명히 무언가가 창에 비쳤었다. 남자는 그럴 리가 없다고 확신하면서도, 이상하게 불안한 마음이 들 어 천천히 몸을 돌려 다시 뒤를 보았다. 그제야 현관 입 구 쪽에 걸린 하얀 셔츠가 눈에 들어왔다.

저게 창에 비쳤던 걸까? 그래, 저걸 흰 옷을 즐겨 입던 은수라고 착각했을 거다, 그런 거겠지.

벌써 몇 년째 해오던 일이라 새삼 이런 경험이 흥미 롭다고 생각했다. 그간 한두 명이 아닌데 이런 적은 처 음이었다. 하긴, 은수가 이곳에 가장 오래 머문 여자이 긴 했다.

남자는 다음부터는 시간을 너무 오래 끌지 않기로 다짐했다. 피식 콧방귀를 뀌며 커피를 내리기 위해 부엌 으로 향했다.

2020년 2월 3일, 사고 17일 전.

퇴근이 늦어진 저녁이었다. 남자는 아일랜드 식탁에 홀로 앉아 생각에 잠긴 채 식사를 했다. 벽시계의 시침은 숫자 10에 가까워져 있었다. 그때 등 뒤에서 작은 인기척이 느껴졌다. 남자는 황급히 몸을 돌려 눈으로 그 존재를 쫓았다.

그러나 아무도, 아무것도 없었다.

남자는 이마를 찌푸리며 왼손으로 관자놀이를 눌렀다. 그러곤 천천히 다시 식탁으로 몸을 돌렸다.

요즘 회사 일 때문에 너무 스트레스를 받아서 예민해진 거라고 생각했다. 대표로 있는 벤처 회사에서 새로운 투자를 유치하기로 했는데, 오늘 만난 투자자들이 꽤나 까다로운 조건을 제시해서 골치가 아픈 상황이었다.

남자는 서둘러 식사를 마치고 식기세척기에 그릇을 넣었다. 그리고 침실로 걸어가다가 멈칫했다. 거실 바닥에 뭔가 떨어져 있는 것이 얼핏 보였기 때문이다. 남자는 눈을 가늘게 떠 초점을 맞췄다. 물건의 정체를 확인하자, 얼굴색이 바뀌었다.

옷이었다. 은수의 하얀색 블라우스가 그곳에 떨어져 있었다.

2020년 2월 4일, 사고 16일 전.

"오빠."

익숙한, 하지만 이전과 달리 낮고 힘이 없어 생경한 여자의 목소리에 모골이 송연해져 잠이 깼다. 침대에 누워 있던 남자는 재빨리 팔을 뻗어 더듬거리며 휴대폰을 찾았다. 화면을 터치해보니 새벽 2시가 조금 넘은 시각이었다. 휴대폰을 쥔 손이 바르르 떨렸다.

남자는 가위에 눌렸다고 생각했다. 며칠 전 처음 은수의 허상을 봤다고 생각한 그날부터 컨디션이 계속 좋지 않았다.

투자 유치 스트레스 때문일 거야. 전에 없던 일이라 신경이 더 곤두서고 피곤해진 거겠지. 그렇다고 이젠 환청까지 들다니, 아무래도 보양식이나 영양제를 챙겨 먹어야겠어.

남자는 휴대폰의 이메일 앱을 열어 비서에게 이를 지시하는 내용의 메일을 작성했다. 메일을 전송하고 다시 침대에 누웠다. 내일 중요한 회의가 있어서 푹 자두어야 했다.

하지만 남자는 날이 샐 때까지 뒤척이느라 선잠을 잤다. 겨우 잠들라치면 은수의 목소리가 다시 들리는 것 같아서였다.

2020년 2월 5일, 사고 15일 전.

남자가 지친 몸을 끌고 집에 들어섰다. 결국 회의를 망치고 말았다. 집중이 되지 않아 투자자들의 질문에 제대로 답변할 수가 없었다.

　남자가 심란하게 입구를 지나 거실로 들어서는데, 뭔가 이상했다. 거실 탁자 위에 여자 화장품 몇 개가 놓여 있었다. 그 옆엔 슬리퍼 한 쌍. 모두 은수의 것이었다. 아니, 한때 은수의 것이던 물건들이었다.

　남자의 얼굴은 사색이 되었다. 그와 동시에 시선에 걸린 뭔가의 존재를 알아챘다. 남자는 겁에 질린 표정으로 침을 꿀꺽 삼켰다.

　아니겠지. 설마, 아닐 거야.

　남자는 자기도 모르게 혼잣말을 중얼거리며 천천히 고개를 돌려 식탁 위의 그것을 바라봤다.

　김이 모락모락 피어오르고 있는 컵이었다. 은수가 즐겨 사용했던, 남자가 제주도 여행에서 사다 준 컵이었다. 거기서 피어오른 커피 향이 집 안 곳곳에 채워진 걸 뒤늦게 깨달은 남자가 소리쳤다.

　"누구야? 뭐야! 나와! 나오라고!"

　남자는 이 방 저 방을 돌아다니며 계속 외쳤다. 하지만 집 안엔 그의 목소리만 울릴 뿐, 아무도, 어떤 것도 답을 하지 않았다.

2020년 2월 7일, 사고 13일 전.

　　남자가 회사만 다녀오면 같은 일이 반복됐다. 은수의 물건들을 아무리 상자에 담아 봉해둬도, 다시 하나둘, 자신의 자리는 거기가 아니라는 듯 밖에 나와 있었다.

　　남자는 자신이 집을 비운 사이에 외부인이 드나든 적은 없는지 경비실에 확인도 해봤다. 하지만 택배조차 경비실에서 받아두었다 전달하는 레지던스 규정에 의해 외부인의 출입은 불가능했다. 남자는 혼란스러웠다.

　　신경이 너무 곤두서 두통에 시달리는 바람에 제대로 잠도 잘 수 없었다. 약국에서 사온 두통약과 수면제를 복용해봤지만 오히려 정신만 혼미해질 뿐이었다. 결국 남자는 한동안 집에서 회사 업무를 보며 집을 지키기로 했다. 그렇게 마음을 먹으니 조금 안심이 되었다.

　　하지만 남자는 자신의 신체적 에너지도 정신도 모두 정상의 범주를 벗어나 밖으로 나갈 수 없는 지경에 이른 것을 미처 깨닫지 못한 상태였다.

2020년 2월 9일, 사고 11일 전.

　　남자는 방에서 일하다 말고 갑자기 현관으로 뛰어나갔다. 디지털 도어록의 비밀번호를 바꾸기 위해서였다. 은수가 이곳에서 지내는 동안 자기가 외우기 쉬운 번호로 한다며 생일로 지정해놓았던 것이 문득 떠오른 것이다. 남자는 곧바로 사무실 직통 전화번호로 비밀번호를 바꿨다.

처음부터 이걸 제일 먼저 처리했어야 했는데, 나답지 않았어.

비밀번호 설정을 완료하며 남자는 자조적인 콧방귀를 뀌었다. 이러면 은수의 망령이 더 이상 집에 들어오지 못할 거라 믿는 자신이 한심해서였다.

2020년 2월 11일, 사고 9일 전.

남자는 슈퍼마켓에서 맥주와 식재료를 사왔다. 아무 생각 없이 부엌에서 냉장고를 정리하다가 퍼뜩 동작을 멈췄다. 얼굴이 굳어버린 남자가 냉장고 문을 열어둔 채 현관으로 뛰어갔다. 그대로 현관문을 열고 밖으로 나간 후 문을 닫았다. 그리고 빠른 속도로 도어록 비밀번호를 눌렀다.

삐삐삐삐.

경고음이 울렸다. 비밀번호가 틀린 것이다. 남자의 얼굴빛이 창백해졌다. 도어록 뚜껑을 닫았다 열고는 다시 비밀번호를 눌렀다.

삐삐삐삐.

마찬가지였다.

남자는 떨리는 손으로 다시, 천천히, 비밀번호 네 자리를 하나하나 꾹꾹 힘줘가며 눌렀다. 마지막 별표를 누르자 이전과는 다른 경쾌한 소리가 났다.

띠릿.

비밀번호가 은수의 생일로 다시 바뀌어 있었다.

2020년 2월 13일, 사고 7일 전.

남자는 불안한 마음을 진정시키기 위해 독한 술의 힘을 빌리기 시작했다. 그 덕분인지 이젠 잠을 잘 수 있었다. 그렇게 주말 동안엔 계속 술을 마시며 정신을 놓고 잠에 빠져들었다.

남자는 이날 느지막한 시간이 되어서야 눈을 떴다. 간만에 조금 쉬었다는 느낌에 가뿐하게 침대에서 일어났다. 그래도 여전히 거실로 나가는 발걸음은 한없이 조심스러웠다. 또 은수의 물건이 나와 있다면 정말 미쳐버릴지도 모른다는 생각에 두려웠기 때문이다.

하지만 없었다. 이전처럼 깔끔한 상태 그대로였다. 그래도 남자는 여전히 조심스레 부엌, 베란다, 그리고 한때 은수가 사용했던 방까지 들어가 봤다. 모든 게 흐

　　　　　　　　　　　푸른 수염의 방

트러짐이 없었다. 남자는 기분이 좋아서 빙그레 미소를 지었다.

내가 잠깐 이상했었나 봐. 그러면 그렇지, 말이 안 되는 일이었잖아?

상쾌한 기분으로 욕실에 들어섰다. 욕조에 물을 받으며 스트레스를 더 풀 심산에 입욕제도 넣었다. 남자는 블루투스 스피커로 좋아하는 음악까지 틀어놓고 반신욕을 즐겼다. 오랜만에 맛보는 평화였다. 자연스레 음악에 맞춰 콧노래도 나왔다. 다시 기분이 좋아지니, 다음 계획에 대해서도 생각하게 됐다.

이번에는 은수처럼 잔상이 남을 만한 살가운 애 말고, 좀 더 거리감을 두는 여자를 선택해야겠어. 쓸데없이 피곤해졌잖아.

어차피 곧 떠나보낼 존재이니, 정붙일 필요가 없는 여자가 남자의 계획엔 더 들어맞았다. 생각을 정리하니 더 가벼워진 기분이었다. 남자는 욕조에서 몸을 일으켰다. 내친김에 오늘 저녁에 밖으로 나가볼 생각이었다. 기대감으로 남자의 얼굴에 절로 미소가 떠올랐다. 하지만 욕조에서 나와 세면대 거울 앞에 섰을 때 그의 얼굴빛은 순식간에 다른 색깔로 바뀌었다.

'보고 싶어.'

욕실을 가득 채운 뜨거운 김이 누군가의 손길을 피해 거울 위에 만들어낸 글씨였다.

　　남자는 턱을 덜덜 떨면서 거울로 다가갔다. 가까이에서 한참 글자를 관찰하던 남자의 얼굴이 공포와 분노가 뒤섞인 표정으로 우악스럽게 일그러졌다. 남자의 머릿속엔 말도 안 되는 생각들이 아우성치기 시작했다.

　　너야? 정말 또 너야? 어떻게 이럴 수가 있어? 이건 불가능하다고!

　　"으아아아악! 으아! 으아아아아아아!"

　　그 아우성들은 비명으로 쏟아져 나왔다. 남자는 두 손으로 머리를 움켜쥔 채 계속 소리를 질렀다. 무언가를 떨쳐내려는 듯 발작적으로 소리 높여 내질렀다.

　　그러다 결국 무너져 내렸다. 벌거벗은 몸을 웅크린 채 차가운 욕실 바닥에 쓰러졌다. 그리고 흐느끼기 시작했다. 자신이 정말로 미쳐가고 있다는 생각이 들었다.

2020년 2월 17일, 사고 3일 전.

　　이제 남자는 은수를 실체로 보기 시작했다. 창문에 반사되어 비친다거나 하는 방식이 아니라 은수가 진짜 존재하는 것처럼 보였다. 그렇게 된 지도 이틀이 지났다.

은수는 거실 한쪽에 말없이 서서 남자를 뚫어져라 바라봤다. 텅 빈 눈빛으로, 남자가 그곳에 있지만 있지 않은 것처럼 바라보며 서 있었다. 남자는 그 눈빛을 견딜 수 없어 가까운 아무 방으로 도망치듯 들어섰다.

그런데 그곳이 하필 은수의 방이었다. 은수의 체취가 가장 많이 남아 있는 그곳에, 은수가 또 보였다. 남자는 다시 거실로 나왔다. 그곳에도 여전히 은수가 있었다. 침실로 향했다. 은수가 천천히 슬로모션 같은 움직임으로 그를 따라 들어왔다.

남자가 힘없이 침대로 들어가 눕자, 은수도 곁으로 다가왔다. 침대에 누운 남자를 바라보며 다시 아무 말 없이 서 있었다.

결국 남자는 은수가 존재한다는 사실을 인정한 듯 물었다.

"정말… 너야? 은수야?"

하지만 은수는 답하지 않았다. 그저 멍한 눈으로 그를 계속 내려다볼 뿐이었다.

남자는 자다 깨다를 반복했다. 시간이 어떻게 가는지도 인식할 수 없었다. 자신의 의지로 잠이 드는 것인지, 그냥 정신을 잃어버리는 것인지 분간할 수 없었다. 그저 눈을 떠보면 거실 소파에 앉아 있다거나, 침대에

누워 있다거나 하는 식이었다. 그전까지의 기억을 더듬
으면 눈앞에 은수가 있었던 게 마지막 기억이었거나, 멍
한 상태로 밥을 먹었다거나 하는 게 다였다.

남자는 이제 은수와 다시 함께 살게 되었다. 아니,
엄밀히 말하자면, '사는' 건 아니었다.

다시, 2020년 2월 19일, 사고 1일 전.

또다시 며칠 동안 잠을 자지 못했다. 남자의 신경
은 극도로 날카롭게 곤두서 있었다. 이대로 지낼 수 없
다는 생각에 정신을 차리려 부엌으로 나와 커피를 내렸
다. 남자는 식탁에 앉아 김이 오르는 커피를 눈앞에 둔
채 자신의 관자놀이를 두 손가락으로 세게 누르며 생각
했다.

은수는 분명히 죽었다. 아니, 내가 죽였다. 분명히
그때 숨이 끊어진 것까지 확인했다. 차갑게 식어가는 시
체의 온기를 그의 두 손으로 직접 느꼈다. 그런데 어떻
게 자신의 눈앞에 은수가 계속 나타나는 건지 이해할
수 없었다.

은수가 자신을 원망하고 있어서일까. 하지만 그녀
는 남자와 약속하지 않았던가. 그 방은 들어가지 않기
로, 약속을 어기면 그 벌이 뭐가 되든 받기로 약속했었

다. 남자는 그 약속을 이행한 것뿐이었다. 그러니 은수가 남자를 원망할 자격은 없다.

은수가 지겨워 그녀와 끝내고 싶었든, 그래서 남자가 일부러 그 방의 문을 살짝 열어놓았든, 그 방에 고깃덩이를 두어서 은수의 강아지가 그곳에 들어가게 유인했든, 하등 상관없는 일이었다. 약속은 '무슨 일이 있어도 그 방에 들어가지 않는 것'이었으니까.

그러니 약속을 어긴 건 은수였다. 그 결정을 한 게 은수였으니까, 남자가 은수에게 벌을 내린 건 마땅했다.

남자는 다른 여자의 시체로 교체하기 전까지는 이전 여자의 시체를 그 방의 테이블냉동고에 보관해왔다. 은수의 시체도 마찬가지였다. 원래대로라면 다음 여자가 와서 또 규칙을 어기고, 은수의 시체를 발견하고, 죽음이 임박했다는 공포에 질린 눈을 바라보며 죽이는 게 남자의 루틴이었다.

하지만 남자는 이미 죽은 은수가 자신의 곁을 계속 맴도는 이유가, 어쩌면 냉동고 안에 그녀를 너무 오래 두었기 때문일지도 모른다고 생각했다. 살아서 살가웠던 은수의 영혼이 죽어서는 자신에게 집착하고 있는 건가 싶었다.

결국 남자는 루틴을 깨서라도 오늘 은수의 시체를

처리하기로 결심했다.

그사이 식어버린 커피를 모두 들이켜고 남자는 자리에서 일어났다. 그리고 이 집에서 가장 안쪽에 자리한 그 방으로 향했다. 은수를 죽인 후에는 한 번도 발을 들여놓지 않았던 자신의 은밀한 작은방.

문을 열자, 남자가 방바닥에 깔아놓았던 붉은 가루가 사방으로 흩어졌다.

여자들이 호기심에 못 이겨 방문을 열면 가루가 흩날려 흔적이 남게 하려고 남자가 만들어둔 함정이었다. 안으로 들어서는 순간 문이 자동으로 닫혀서 잠겨버리는 것이 먼저긴 했지만, 혹시 문이 닫히기 전에 여자들이 빠져나올 경우를 대비한 것이었다.

붉은 가루가 흩어지면 여자들은 당황해서 이것을 어떻게 해보려고 손을 댄다. 하지만 이 가루는 닿는 순간 피부에 녹는 듯 스며들어버린다. 그렇게 붉은 흔적을 남기면 최소한 3일 정도는 어떤 것으로도 씻기지 않았다. 그래서 약속을 어긴 여자들은 남자에게 걸릴 수밖에 없었고, 그러면 가차 없이 그 방으로 다시 끌려가 목이 졸렸다.

남자는 방구석에 있던 냉동고로 향했다. 저 안에 은수를 두었다. 태아처럼 몸을 웅크린 채, 남자가 넣어놓은 그대로 은수는 그곳에 있을 터였다.

남자는 마지막으로 보았던 은수의 모습을 상상하며 냉동고 문을 열었다.

하지만 거기엔 아무것도 없었다.

남자는 놀라서 자신의 두 눈을 비볐다. 그렇게 다시 봐도 그곳은 여전히 텅 비어 있었다.

진짜로, 은수가 죽은 게 아니었던 건가? 그럴 리가…?

남자는 혼란스러워 머리가 빙빙 도는 것 같았다. 두 눈을 질끈 감고 휘청거리다가 겨우 정신을 차리며 고개를 들었다. 하지만 그 순간, 남자의 눈앞에 은수가 나타났다. 즐겨 입던 하얀색 홈드레스를 입고 창백한 얼굴에 긴 머리를 늘어뜨린 채 남자의 눈을 뚫어버릴 것 같은 시선으로 바라보고 있었다.

남자가 놀라서 숨을 훅 들이켜자, 은수가 한 걸음 바짝 다가왔다. 차가울 거라 예상했던 은수의 숨이 뜨겁게 남자의 목덜미까지 미쳤다. 남자는 그게 더 끔찍했다.

살아 있다! 은수가 죽지 않고 살아 있어!

남자는 바로 몸을 돌려 도망치려 했다. 하지만 뒤돌아선 그의 앞에, 다시 똑같은 은수가 있었다. 같은 옷

을 입고 같은 눈빛을 한 채 그를 마주 보고 있었다. 그
은수가 곧장 두 손을 앞으로 뻗어 남자의 목을 움켜쥐
었다.

"컥!"

남자는 자신도 모르게 신음을 냈다. 여자들의 목을
조일 때 많이 들었던 익숙한 소리. 하지만 자신이 직접
내뱉을 때의 느낌은 너무도 달랐다. 남자는 자신의 목을
움켜쥔 은수의 손을 잡아 풀어보려고 했다. 하지만 그
손은 뒤편에 있던 다른 은수의 손에 의해 저지당했다.

남자의 눈이 공포로 물들기 시작했다. 자신이 그동
안 죽였던 여자들의 눈에서 떴을 죽음의 공포였다. 하지
만 그의 공포가 더 깊었다. 알 수 없는 존재에 대한 공
포가 한 단계 깊게 가중되어 있었다.

이미 정신적으로도 신체적으로도 허약해져 있던 남
자는 반항도 제대로 하지 못하고 은수들의 손끝에서 악
마로서의 생을 마감했다. 공포로 가득 찬 눈을 미처 감
지도 못한 채 순식간에 숨이 끊어졌다.

은수들은 이를 느낀 듯, 네 개의 손에 주었던 힘을
풀어 남자를 바닥에 떨어뜨렸다.

바닥에 쓰러진 남자의 껍데기를, 두 명의 은수가
담담한 눈빛으로 내려다봤다.

†

은수가 사라진 후 연수가 걱정을 하지 않았던 건 아니었다. 하지만 쌍둥이는 서로의 안위를 공명하듯 직감할 수 있었다. 그동안 특별히 컨디션이 나쁜 적이 없었기 때문에 연수는 은수가 어디선가 잘 지내고 있으리라 믿었다.

은수는 혈육에게도 자유를 갈망하던 아이여서, 연수의 카카오톡 메시지에도 내킬 때만 답장을 했다. 예전부터 그런 식이었으니, 은수의 연락이 한동안 없었어도 연수는 크게 걱정하지 않았다.

그런데 그날, 식은땀을 흘리며 깨어났던 그 새벽만은, 은수를 향한 강한 불안감이 연수의 마음을 잠식했다. 곧바로 은수에게 전화를 걸었지만 받지 않았다. 연수는 카카오톡 메시지는 물론 문자 메시지도 남겼다. 그래도 아무런 회신이 없었다. 메시지를 읽었다는 표시도 확인되지 않았다. 연수는 결국 은수에게 생사가 갈리는 큰일이 생겼다는 걸 확신했다.

설 연휴였지만 연수는 자신이 할 수 있는 최선을 다해 은수를 찾아 헤맸다. 자신과 똑 닮은 사진을 들이대며 사람들에게 본 적 있냐고 물을 때면, 웬 미친 여자가 자기 사진을 보여주며 사람을 찾느냐는 의아한 눈빛을 보냈지만 괘념치 않았다. 오히려 은수를 목격한 사람이 전혀 없다는 사실이 더 신경 쓰였다.

마침내 긴 연휴가 끝나자, 연수는 통신사 고객센터에 전화를 걸었다. 혹시나 은수 휴대폰의 기지국 접속 기록을 확인할 수 있는지 묻기 위해서였다. 역시나 통신사 쪽에서는 경찰의 정식 요청이 없이는 확인이 불가한 사안이라며 실종 신고를 권했다.

연수는 재빨리 전화를 끊었다. 실종 신고는 할 수 없었다. 은수는 물론 연수도 경찰의 수배가 내려진 상태였다. 어린 나이에 집을 나와 가출팸 생활을 하며 빈집을 털어왔기 때문이다. 처음에 왜 집을 나오게 되었는지는 이제 기억에도 없었다. 밖에서의 생활이 자연스럽게 그들의 인생이 되었다. 그게 몇 년이 지나자 팸의 아이들은 성인이 되었고, 빈집털이 실력과 함께 범죄 전과도 쌓였다. 그러니 경찰과 엮이는 것은 최대한 피해야 했다.

사실 은수는 그런 생활이 싫어서 팸을 떠났다. 어느 날 갑자기 카카오톡 메시지 하나만 남긴 채 자취를 감췄다. 남은 팸 아이들은 은수가 혼자 경찰에 자수하고 자신들에게 덤터기를 씌우는 거 아니냐며 은수를 찾으려 했다. 하지만 그런 아이들을 말리고 모든 걸 책임지 겠다고 한 게 연수였다. 그만큼 사라지고 싶어 했던 은 수의 감정에 공감할 수 있었다. 한날한시에 태어난 자매 였으니까.

그러나 이제는 찾아야 했다. 은수의 온기가 전혀 느껴지지 않아서 무서웠지만, 그래서 더욱 자신을 다그 쳐 찾기 위해 애썼다. 연수는 은수와 똑같이 생긴 얼굴 을 이용해 은행으로, 통신사로, 흔적을 좇을 수 있는 곳 은 어디든 찾아가 또 다른 자신의 존재를 물었다. 그래 도 은수를 찾지 못하자, 연수는 주고받았던 메시지에서 은수가 있을 만한 곳에 관한 정보를 추려내기 시작했 다.

'걸어서 5분이면 S마트 갈 수 있어.'

'2호선이랑 1호선 둘 다 가까워서 서울 어디나 편하 게 가.'

'오늘은 동네 공원에서 산책했어!'

이런 내용들을 통해 은수가 머물고 있을 만한 지역 을 좁혀 나갔다. 그렇게 찾은 어느 동네를 둘러보고 있 을 때, 우연찮게 은수의 흔적을 만나게 됐다.

"어? 아가씨 오랜만이네요. 그사이 머리를 잘랐나

보네. 오늘은 강아지 안 데리고 나왔어요?"

어느 고급 주택가에서 누군가 아는 체하며 말을 걸었다. 출입문을 통제하는 고급 레지던스 입구를 지키던 경비였다.

연수는 그가 자신을 은수로 착각한 것을 곧장 알아챘다. 언제나 단발머리를 고수하는 연수와 달리, 은수는 언제나 긴 생머리를 즐겨 했기 때문이다.

"아, 네, 안녕하세요. 오랜만에 뵙네요. 네, 머리는 얼마 전에 잘랐어요."

혹여 말실수를 해서 경비가 자신의 정체를 알아챌까 봐, 연수는 최대한 말을 아끼면서 눈치껏 답했다.

은수는 예전부터 강아지를 키우고 싶어 했었다. 하지만 팸 생활을 하느라 엄두도 못 냈던 것을, 어떻게 된 일인지 모르겠지만 이곳에서 생활하면서 이룬 모양이었다. 연수는 은수가 얼마나 좋아했을까 상상이 되어 잠시나마 행복했다.

"오빠분이 아가씨 몸이 안 좋아서 밖에 못 나온다더니, 이젠 다 나은 모양이네. 예전보다 더 건강해 보여서 좋구먼!"

오빠…?

은수는 팸을 떠난 후 어떤 남자에게 의탁한 모양이

었다. 연수는 그 남자의 집을 찾아야겠다고 생각했다. 어쩌면 몸이 안 좋아서 요즘 안 보인다는 은수가 아직 그곳에 있을지도 모른다는 희망이 움텄다.

"고맙습니다. …저, 아저씨 죄송한데, 제가 집에 뭘 좀 들여놔야 해서요. 금방 가져올 건데 도와주실 수 있으세요?"

"어? 내가 가서 옮겨줄게요. 어디 있는데?"

"아, 아니에요! 제가 금방 가서 가져오면 돼요, 잠시만요!"

경비가 따라나서려 하자, 연수는 서둘러 자리를 뜨며 그에게 웃어 보였다. 그리고 부리나케 달려갔다. 오는 길에 보았던 슈퍼를 향해서였다.

"혹시 빈 상자, 큰 거 있을까요?"

손에 잡히는 아무 주전부리나 집어 계산대에 올리며 연수가 묻자, 슈퍼 주인은 말없이 손가락으로 바깥에 쌓아둔 상자 무더기를 가리켰다. 연수는 계산을 마치고 그곳으로 가서 안정적으로 들 수 있을 크기의 상자를 하나 골라 재조립했다. 그 안에 작은 상자도 몇 개 넣었다. 너무 가벼워 보이는 것을 막으면서 혹시 오늘 밤 필요할지도 모를 상황에 대비하기 위해서였다.

상자를 안고 나타난 연수를 본 경비가 뛰어와 받으

려 했지만, 연수는 사양하며 출입문 안으로 들어가는 것만 도와달라고 부탁했다. 경비는 별다른 의심 없이 연수를 안으로 데려간 후 엘리베이터 버튼까지 눌러주었다.

"근데… 아가씨는 여자 형제가 몇이나 돼요?"

"네?"

갑작스러운 경비의 질문에 연수가 당황해서 되물었다. 혹시 은수가 자신들에 대해 뭔가 이야기한 걸까.

그때 엘리베이터 문이 열렸다. 머릿속에서 복잡한 생각이 돌아가고 있었지만, 연수는 일단 안으로 들어섰다. 경비가 엘리베이터 안으로 손을 뻗어 층 버튼을 눌러주며 멋쩍게 말했다.

"아니, 요즘엔 이런 거 물어보면 안 되지만, 몇 달에 한 번씩 같이 있는 여동생이 계속 바뀌니까 궁금해서… 허허."

연수는 자신들의 이야기가 아닌 것에 안도하며 웃음으로 얼버무렸다.

"하하. 저희가 좀 많죠? 그동안 몇 명이나 보셨을까요…."

엘리베이터 문이 닫히면서 연수를 빤히 바라보고 있던 경비의 얼굴도 사라졌다. 연수는 곧바로 경비가 눌러준 층을 확인했다. 불이 켜진 버튼은 13, 꼭대기 층이었다. 연수는 속으로 잘됐다고 생각했다. 혹시 몸을 숨기고 있어야 한다면 옥상과 연결된 층이 유리했다.

도착 벨소리와 함께 엘리베이터 문이 열렸다. 연수는 일단 앞에 보이는 공간을 살폈다. 한 층에 한 세대. 안전하지만 위험하기도 한 구조. 다른 입주민과 부딪칠 일은 없지만, 그만큼 무슨 일이 벌어져도 누군가 알아차리는 데에는 시간이 걸리는 곳이었다.

연수는 짧은 복도를 지나 문 앞으로 다가갔다. 들고 있던 상자를 옆에 내려놓고 디지털 도어록을 살폈다. 뚜껑을 밀어 올려 버튼을 누르는 구형이었다. 요즘엔 비밀번호를 훔쳐볼 수 있어서 랜덤 숫자가 표기되는 방식으로 바뀌었지만, 다행히 이 도어록은 그 이전 버전이었다. 그렇다면 숫자만 먼저 알아낸 후 누르는 패턴을 훔쳐보는 것으로 비밀번호 조합을 알아낼 수 있다는 얘기였다.

연수는 가방을 뒤져 화장품 파우더를 꺼냈다. 남은 양이 많지 않았지만 번호판 위에 살짝 뿌리기엔 부족하지 않았다. 뭉쳐지면 티가 날 수 있으므로 최소한의 양으로 버튼을 살짝 덮는 게 중요했다.

연수는 도어록 앞에 파우더 케이스를 댄 후 약한 바람으로 숨을 천천히 내쉬었다. 연수의 피부색보다 창백한 가루가 먼지처럼 공중에 흩어졌다가 번호판 위에 보일 듯 말 듯 내려앉았다.

그 결과를 잠시 살핀 연수가 만족스러운 표정으로 뚜껑을 조심스레 닫았다.

연수는 상자를 챙겨 들고 옥상으로 가는 계단을 올랐다. 옥상 문 앞쪽에 상자를 내려놓은 뒤 작은 상자들을 꺼내서 찬 기운을 막을 간단한 은신처를 만들었다.

이제 그 오빠라는 남자가 돌아오길 기다리기만 하면 된다.

연수는 엘리베이터 소리에 퍼뜩 눈을 떴다. 깜빡 잠이 들었던 모양이다. 재빨리 정신을 차리고 기척 없이 움직여 아래층 문이 보이는 계단 구석에 몸을 밀착했다. 구두 소리가 복도를 울리더니 말끔하게 정장 코트를 입은 젊은 남자의 뒷모습이 보였다. 그는 콧노래를 흥얼거리며 문 앞으로 다가갔다.

남자는 연수의 존재를 전혀 생각지도 못한 듯했다. 그래서 연수는 좀 더 안심하고 고개를 내밀어 남자가 뚜껑을 열고 번호를 누르는 모습을 확인했다. 지그재그로 움직이는 네 번의 손놀림. 그것의 대략적인 위치를 확인한 연수는 다시 몸을 숨기며 입술을 깨물었다. 저

　　　　　　　　　　　　푸른 수염의 방

패턴이면 비밀번호 조합이 쉽지 않겠다는 생각에 이마에 주름이 생겼다.

남자가 문을 닫고 들어가자, 도어록 잠기는 소리가 들렸다. 연수는 바로 움직이지 않고 남자가 잠들 시간까지 기다리기로 했다. 혹여 괜히 조바심을 냈다가 모든 걸 망칠지도 모르니까. 이제까지 은수를 기다렸던 것처럼 이번에도 기다리기로 마음먹었다.

밤이 깊어질수록 더욱 차가워진 공기가 연수의 몸을 파고들었다. 하지만 이상하게도 춥지 않았다. 상자 덕분만은 아닐 거라고 생각했다. 어쩌면 이미 세상을 떠난 은수가 자신을 품어주고 있는 걸지도 몰랐다. 아직 은수의 죽음을 확인한 건 아니었지만 남자의 모습을 본 순간 그냥 알 수 있었다. 은수는 죽었다. 저 남자 손에 죽은 거다.

훅, 찬바람이 어디선가 불어와 연수의 얼굴을 스치자, 눈에서 눈물이 흘러나왔다. 연수는 손바닥으로 야무지게 눈물을 닦아내곤 휴대폰으로 시간을 확인했다. 새벽 1시. 이 시간이면 비밀번호를 확인해도 될 거다.

연수는 조용히 아래 계단으로 발을 뻗었다. 오랫동안 웅크리고 있어서인지 근육에 살짝 경련이 일었지만 발끝을 움직여주니 이내 괜찮아졌다. 발소리를 죽여 현관까지 다가간 연수는 디지털 도어록 뚜껑을 조용히 밀어 올렸다. 휴대폰 플래시를 비스듬히 비춰 번호판에서 사라진 파우더의 흔적을 확인했다. 긴장감에 입이 말랐다.

그런데 깨끗해진 번호판의 숫자는 단 세 개뿐이었다. 네 자리 비밀번호에 숫자가 세 개라는 것은, 저 숫자 중 하나는 두 번 들어간다는 뜻이다. 이런 경우 비밀번호 조합을 테스트하는 것은 거의 불가능한 일이었다.

하지만 연수의 얼굴에는 절망보다 희망의 빛이 떠올라 있었다.

2, 6, 0.

세 개의 숫자를 확인한 순간, 연수는 확신할 수 있었다. 남자의 손놀림 패턴 따윈 중요하지 않았다.

비밀번호는 0602.

6월 2일. 은수의 생일이자, 연수의 생일이기도 한 그 날짜였다.

연수는 임무를 다한 파우더를 입으로 불어서 날려 버린 후 조심스럽게 도어록 뚜껑을 닫았다.

다음 날 아침, 계단에서 밤을 지새운 연수는 남자가 출근하는 것을 확인하고 그의 집에 들어섰다.

집 안에 아무도 없을 거라고 짐작했지만 그래도 최

대한 조심해서 움직였다. 이런 고급 주택에는 방범 장치나 CCTV가 있을 가능성이 높다는 걸 경험으로 알고 있어서였다.

하지만 안을 모두 둘러본 연수는 그런 걱정을 할 필요가 없었다는 걸 깨달았다. 남자는 굉장히 비밀스러운 사람이었다. 문이 잠겨 있어 확인하지 못한 방 두 개를 제외하고는, 전체적으로 개인적인 물건이 거의 없고 지나칠 정도로 깔끔했다. 호텔 같다는 생각까지 들 정도였다.

연수는 잠긴 두 개의 방 중 바깥쪽 방을 먼저 열었다. 집을 털고 다니던 연수에게 기본 잠금장치는 머리핀 두 개만 있으면 해결되는 문제였다.

문이 열리자 익숙한 향기가 났다. 은수의 체취였다. 은수가 좋아했을 물건들이 방 안에 가득했다. 화려한 화장대 위에는 귀여운 소품과 화장품들이 주인을 기다리는 듯 놓여 있었다. 침대 위엔 누군가 방금 일어난 듯 정돈되지 않은 아이보리색 이불과 은수가 평소 즐겨 입었을 하얀색 잠옷이 있었다.

연수는 주위를 둘러보며 뭔가를 찾기 시작했다. 그간 은수의 행적을 알려줄 중요한 물건이었다.

연수가 옷장 문을 열었다. 그 안도 은수의 취향 그

대로였다. 흰색 옷을 좋아하는 은수를 팸 아이들은 대놓고 싫어했다. 밤에 움직일 때 너무 눈에 띄는 데다 얼룩이 쉽게 묻어 세탁에도 신경 써야 하는 그런 색을, 가출팸 무리에 있는 은수가 왜 즐겨 입는지 모르겠다며 질색했다.

옷의 촉감을 손으로 훑으며 은수를 그리워하고 있을 때 구석에서 마침내 찾던 걸 발견했다. 은수의 일기장이 거기 있었다.

연수는 다급히 그것을 펼쳐 내용을 확인했다.

처음엔 이상한 사람일지도 모른다고 생각했는데, 따라오길 잘했다는 생각이 든다.

이렇게 좋은 집에서 좋은 음식 먹으면서 행복하게 살 수 있을 거라곤….

오빠도 나를 믿게 되면 그땐 휴대폰도 맘대로 사용할 수 있게 해주겠지?

다른 건 다 괜찮은데 휴대폰 퍼즐 게임 못하게 된 건 넘 아쉽당. 심심해!

오빠한테 슬쩍 친구를 데려오면 안 되냐고 물어봤는데, 굉장히 화난 얼굴이 되었다.

역시 모든 걸 얻을 순 없나 보다.

　　　　　　　　　　　푸른 수염의 방

일단은 오빠에게 충실해야지. 지금이 난 좋으니까.

서재에서 뭔가를 보고 있던 오빠는 분명 얼굴은 웃고 있었는데… 이상하게 표정이 무서웠다.
문틈으로 살짝 보여서 그런가. 잘못 봤나 싶기도 하고.
오빠는 다 좋은데, 가끔 섬뜩할 때가 있다.

오빠가 강아지를 키우게 해줬다! 드디어 나한테도 강아지가 생겼다!
엄청 훈련 잘 시켜서 오빠에게 혼나는 일 없게 해야지!
오빠 최고다! 얏호!

왜 오빠가 그 방에 그렇게 집착하는지 모르겠다.
난 사실 궁금하지도 않다.
이전에 있던 여자들이 왜 거길 궁금해했는지 모르겠지만, 이 집과 생활이 이미 만족스러운데 왜 굳이?
아무튼 오빠는 그 방엔 절대 들어가지 말라고 했다. 들어가면 벌을 받게 될 거라고.
근데 이 나이에 무슨 벌…? 조금 웃기다. ㅋㅋㅋ

눈여겨볼 내용은 그게 마지막이었다. 날짜는 1월 17일. 적어도 이때까진 은수가 살아 있었던 거다.

연수는 은수가 써놓은 서재 이야기가 묘하게 신경이 쓰였다. 아까 집 안을 확인할 때 그곳에 남자의 노트북이 열린 채로 있었다. 혹시 그 안에 은수의 흔적을 쫓을 단서가 있을지도 모른다는 생각에 연수는 서둘러 서재로 향했다.

노트북은 전원이 켜진 상태로 모니터 화면만 꺼져 있었다. 혼자 지내서 노트북 보안도 따로 걸어놓지 않은 모양이었다. 연수에게는 무척이나 다행스러운 일이었다.

드라이브 구성은 깔끔했다. 남자는 이 노트북으로는 업무를 처리하지 않는 모양이었다. 기본 오피스 프로그램조차 깔려 있지 않았다. CCTV를 확인하고 저장된 동영상을 재생할 수 있는 프로그램만이 바탕화면 바로가기로 설치되어 있었다.

연수는 이상하다고 생각했다. 처음 집에 들어와서 CCTV의 유무를 확인했지만 그 어디에도 카메라는 없었기 때문이다. 그래서 연수는 이 동영상 파일들이 아직 열지 않은 마지막 방과 관련되어 있을 가능성이 높다고 판단했다. 거기에 은수의 흔적도 있을 거라고 확신했다.

"미친…!"

연수는 영상 속 남자를 바라보며 자신도 모르게 소리를 내뱉었다.

남자는 어떤 여자의 목을 벨트로 조이고 있었다. 벽에 눌린 채 살기 위해 발버둥 치는 여자의 얼굴을 바라보며 만족스럽게 입꼬리를 올리고 있었다. 정상이 아닌 사람의 얼굴이었다. 아니, 그건 악마였다.

더 이상 그 장면을 볼 수 없었던 연수는 급히 재생창을 닫았다. 잠시 충격을 가라앉히느라 숨을 골랐다. 그렇게 몇 분이 지난 후에야 정신을 차리고 파일들을 살펴볼 수 있었다. 연수는 파일이 생성된 날짜를 기준으로, 은수가 사라진 날짜 즈음부터 마우스로 긁어보았다. 총 세 개. 그중에 은수도 있을지 모른다는 생각이 들자 목덜미가 서늘해졌다.

먼저 열어본 두 개의 영상에는 다른 여성들의 마지막 모습이 담겨 있었다. 영상은 모두 방문이 열리고 여자가 흩어진 가루에 놀라 허둥지둥하는 장면으로 시작했다. 뭔가를 해보려다 손에 묻고 옷에 묻는다. 그런데 그녀의 뒤에서 자동으로 문이 닫힌다. 여자는 놀라서 문을 열어보려고 하지만 소용없다. 여자는 체념한 채 잠시 방을 둘러본다. 자신이 어떤 판도라 상자를 열었는지 확인하고 싶었을 것이다. 그러다 구석에 있는 냉동고를 발견한다. 천천히 그쪽으로 다가간다. 긴장한 손길로 냉동고를 여는 것과 동시에 여자는 비명을 지르기 시작하고 얼굴은 공포에 휩싸인다.

영상에 소리는 녹음되지 않았지만, 얼마나 큰 소리로 비명을 지르고 있는지는 표정만으로도 알 수 있었다. 그녀들의 공포가, 두려움이, 시공간을 넘어서까지 느껴졌다. 그걸 보고 있는 연수의 표정도 괴로움으로 일그러졌다.

연수는 두 번째 여자가 냉동고의 시신을 확인하는 장면까지 보고 영상을 닫았다. 첫 번째 영상 속의 여자처럼, 그녀도 결국 방에 들어선 남자에게 목이 졸려 살해되었을 것이다.

이제 마지막 영상이 남아 있었다. 확인하고 싶은 마음과 미루고 싶은 마음이 충돌했다. 하지만 은수를 찾기로 결정한 순간부터 연수는 이런 상황을 이미 예상했고 각오했다. 마우스를 쥔 손이 떨렸지만 결국 파일을 두 번 클릭했다.

이번 영상은 앞의 두 영상과 시작이 달랐다. 방 안으로 작은 강아지 하나가 빠르게 뛰어 들어왔다. 은수가 문을 열고 들어온 게 아니었다. 은수는 조금 뒤늦게

푸른 수염의 방

강아지를 쫓아 방으로 들어온 모양이었다. 그녀가 들어와서 강아지를 붙잡느라 애쓰고 있을 때, 그녀의 뒤로 문이 닫혔다. 예상치 못한 상황에서도 은수는 태연해 보였다. 몰티즈로 보이는 흰 강아지는 가루를 뒤집어써서 붉게 얼룩져 있고, 은수는 앞으로 벌어질 일을 상상도 하지 못한 채 그런 강아지를 보며 웃음을 터뜨렸다. 은수의 웃음에, 연수의 눈에서는 눈물이 흘렀다.

은수는 그저 강아지를 안고 남자를 기다리는 것 같았다. 가루로 강아지와 장난을 치면서 시간을 때우고 있었다. 앞의 여자들과 달리 냉동고 근처에는 가지도 않았다. 은수는 아무것도 궁금해하지 않았다.

은수는 방 안의 CCTV 카메라를 발견하곤 카메라 앞으로 다가왔다. 얼굴엔 가루를 잔뜩 묻힌 채로 희극 배우처럼 웃긴 표정을 지어 보였다. 그걸 바라보는 연수의 볼이 끊임없는 눈물로 흠뻑 젖었다. 은수가 천진하게 웃을수록 연수의 심장은 타들어갔다.

잠시 후 남자가 방에 들어섰다. 은수는 두려운 기색도 없이 웃으며 남자에게 뭔가를 설명하려고 했다. 하지만 남자는 은수의 말을 듣지도 않고 그녀의 목에 벨트를 걸며 벽으로 밀어붙였다. 강아지가 남자에게 달려들었다. 하지만 거센 발길질에 작은 강아지는 맥도 못춘 채 그대로 방구석으로 나가떨어졌다.

은수는 그제야 남자의 의도를 알아차린 것 같았다. 강아지를 향한 은수의 시선에서 슬픔과 아픔이 동시에 느껴졌다. 그리고 자신이 곧 죽을 거라는 사실도 알아차린 듯했다. 화면에서는 잘 보이지 않았지만, 연수는 남자를 바라보는 은수의 눈빛이 공포보다는 슬픔에 차 있었으리라는 것을 짐작할 수 있었다. 반대로 은수를 바라보는 남자의 눈빛은 광기로 번뜩였다. 기쁨과 희열에 사로잡혀, 마치 이 순간을 위해 평생 존재했던 것처럼 보였다.

그때 은수가 남자에게서 시선을 돌려 CCTV 카메라를 응시했다. 마치 그 너머에서 연수가 지켜보고 있다는 것을 아는 듯 그녀와 눈을 맞췄다. 연수는 숨이 턱 막혔다. 은수는 남자의 손아귀에서 벗어날 수 없음을 예감했던 것이다. 그래서 건너편의 연수에게 눈으로 말하고 있었다.

'너희가, 복수해줘.'

연수는 더 이상 참지 못하고 재생창을 닫았다. 손이 바르르 떨렸다. 얼굴은 눈물로 범벅이 되어 있었다. 연수는 넋이 나간 채 한참 동안 그렇게 앉아 있었다. 놈에 대한 분노와 은수의 죽음에 대한 슬픔으로 머리가 뒤죽박죽된 것 같았다. 멍해 있던 눈빛이 파일 생성 날짜를 확인하곤 놀랍도록 선명해졌다.

1월 23일 21시 19분. 연수가 식은땀을 흘리며 잠에서 깨기 몇 시간 전이었다.

연수는 경찰에 신고하는 것도 잠시 고민해봤다. 하지만 그건 너무 가벼운 응징이었다. 이 정도 재력과 능력을 갖춘 놈이라면 어쩌면 비싼 변호사 하나 사서 빠져나갈지도 모른다고 판단했다. 그렇게 쉽게 끝내게 할 순 없었다. 놈에게도 똑같이 되갚아줘야 했다.

연수는 은수와 다른 여성들이 겪었던 죽음에 대한 공포를 놈도 맛보게 해주고 싶었다. 그리고 가능하다면 더 지독하게 느끼도록 만들고 싶었다.

놈을 응징할 계획을 세운 뒤 제일 먼저 한 일은 약을 구하는 거였다. 덱스트로메토르판, 카리소프로돌, 야바, 그리고 GHB까지. 구할 수 있는 향정신성 의약품들을 최대한 모았다. 그리고 남자와의 보이지 않는 동거를 시작했다.

그가 마시는 물, 음식, 커피, 술에 번갈아 약품들을 섞었다. 덱스트로메토르판으로 남자를 몽롱한 상태로 만들어 현실감을 떨어뜨렸다. 야바로는 잠을 못 자

게 해서 정신상태를 뒤흔들었다. 카리소프로돌과 GHB
는 술에 타 정신을 잃게 했다.

은수의 물건을 활용해 그를 혼란에 빠뜨리는 것도
잊지 않았다. 하나둘 눈에 띄게 집 안 곳곳에 두거나 은
수의 옷으로 그를 놀라게 했다.

그가 현관문의 비밀번호를 바꾸자, 다시 되돌려놓
았다. 은수를 흉내 내 그를 부르기도 하고 욕실 거울에
메시지도 남겼다.

그 모든 일을 되풀이하고 또 되풀이했다.

그리고 마침내 그의 정신이 온전치 못한 상태가 되
었다는 확신이 들자, 은수의 옷을 입고 남자 앞에 섰다.
남자는 처음엔 헛것을 봤다고 생각했다. 하지만 자꾸만
나타나는 은수의 모습에 남자는 은수의 유령이 주변을
맴돈다고 믿기 시작했다. 그리고 그가 마침내 은수의
시체를 처리하려고 움직였을 때, 은수의 손으로 죽였다.

"아가씨, 어디 멀리 가나 봐요?"

모든 일을 마치고 주차장에서 떠날 준비를 할 때,
연수를 알아본 경비가 다가오며 말했다. 연수는 트렁크
를 닫곤 재빨리 앞으로 나가 뒷좌석 창을 가리며 반갑
게 답했다.

"안녕하세요! 네, 이제 여기서 볼 일이 다 끝나서요. 고향에 내려가려고요."

"아, 그럼 오빠분이 데려다… 어? 또 여자분이시네."

경비는 운전석을 향해 인사를 하려다 선글라스를 쓴 여성을 보곤 말했다. 이어 고개를 까딱여 인사를 건네자, 운전석의 여성도 싱긋 웃으며 고개를 숙였다.

"진짜 여자 형제분이 많으시구나!"

경비의 말에 연수가 밝게 웃으며 답했다.

"네, 그동안 고마웠습니다. 다음에 들르게 되면 또 인사드릴게요!"

경비는 눈웃음으로 연수의 인사에 답한 후 차단기를 열어주기 위해 출구로 뛰어갔다.

연수는 조수석 안전벨트를 매며 뒷자리를 넘겨다보았다. 푸른 피부의 은수가 운전석의 혜수와 마찬가지로 선글라스를 쓴 채 앉아 있었다. 은수 옆에는 담요에 싼 강아지 사체도 있었다.

차단기가 다 올라가기도 전에, 혜수의 차가 미끄러지듯 빠르게 주차장을 빠져나왔다.

컬이 풍성한 머리카락을 어깨까지 내려뜨려 전혀 다른 분위기를 풍겼지만, 얼굴은 자신과 똑같이 생긴 혜수를 향해 연수가 물었다.

"은수는, 어디에 묻어줘야 할까?"

"쟨 언제나 자유롭고 싶어 했잖아. 그러니까 묻히는 것보단 화장을 원할 거야."

단정적인 말투로 혜수가 답했다. 고작 몇 분 차이였지만, 셋 중에 가장 먼저 세상에 나와서인지 언제나 맏언니다웠다.

같은 배에서 같은 시각에 태어나 같은 얼굴을 한 세 사람이 탄 차가 레지던스에서 멀어졌다. 얼마 지나지 않아, 거센 폭발음과 함께 13층에서 불길이 치솟았다.

혜수와 연수는 룸미러로 비치는 붉은 불길을 확인하곤 마주 보며 입꼬리를 올렸다. 같은 거울에 비친 은수의 입가에도 미소가 번지는 걸, 연수는 본 것 같았다.

G선상의 아리아

이젠 너무 지쳤다….

　의미 없고 지루하게 반복되는 삶을 계속 살아가는
게 정말 맞는 건지, 오늘따라 그 의문이 더욱 큰 그림자
로 나를 덮쳤다.

　아침 일찍부터 내리쬐는 햇살은 나를 더 초라하게
만드는 것 같다. 작고 유일한 창문의 커튼 틈으로 들
어오는 빛은, 더 이상 나에게 희망을 말해주지 못한다.
실현되지 않는 희망은 고문일 뿐이다. …커튼을 닫아야
겠다.

이제야 조금 편안하다. 커튼을 닫는 순간, 나도 모르게
실소가 나왔다. 순간적으로 아무것도 보이지 않는 암흑
이 마치 내 인생처럼 느껴져서였다. 내 편은 아무도 없이
오로지 나 혼자 서 있는 그 길, 삶. 무겁기만 한 내 인
생은 도대체 언제쯤 끝이 나는 건지 괴로웠지만 이제는
안다. 그 끝을 만들 수 있는 유일한 존재는 바로 나라
는 걸.

　…또 머리가 아파오려고 한다. 잠들고 싶다. 모든
번뇌를 내려놓고 편안한 잠을 자고 싶다. 하지만 한편
으로는 이야기를, 내 손으로 이 모든 것을 끝내기 전에
이야기를 좀 하고 싶다. 잔인하리만치 세상으로부터, 사

람들로부터 핍박받았던 가련한 내 이야기를 남겨서 불쌍한 내 인생을 조금이나마 위로해주고 싶다. 그래서 이 녹음을 하는 것이다.

내 삶이 이렇게 되어버린 건 무엇 때문이었을까?

긴 세월 나 자신에게 묻고 또 물었지만 언제나 결론은 하나였다. 타고난 내 외모. 작은 키, 비쩍 마른 몸. 거울 속 내 모습을 기억하는 예닐곱 살부터 내 외모의 특징은 그 두 가지 표현으로 충분했다. 나이가 들면 덩치가 커질 거라고 기대한 적도 있었지만, 내 인생과 결이 다른 그런 일은 결국 일어나지 않았다.

열 살, 스무 살, 서른 살… 언제나 나는 가장 키가 작고 마른 몸을 가지고 있었다. 정말 어쩌다 간혹, 굉장히 희소한 확률로 나보다 왜소한 사람을 본 적도 있지만, 그들에겐 선천적인 장애가 있거나 가족력 같은 피치 못할 다른 이유가 있었다.

이런 외모는 사회생활에 불리하게 작용했다. 남학교에는 서열이 존재한다. 교실에 첫발을 내디딜 때, 순식간에 서로의 신체를 스캔한 아이들은 자연스레 머릿속에서 서열을 매긴다. 하나의 피라미드를 만드는 것이다. 당연히 나는 그 피라미드의 가장 밑바닥이었다. 그룹으로 묶이지도 않는 하나의 선, 그게 나였다.

반에서 절반 이상의 아이들이 처음부터 나를 업신여겼다. 학창시절 내내 내 몸은 이리저리 치이며 쉴 새 없이 심부름하느라 정신이 없었다. 게다가 난 그들의 요구를 돈으로 때울 수도 없는 가난에도 묶여 있었으니 몸이 고생하는 수밖에 없었다.

폭력과 착취, 이 두 단어는 학교에서는 물론, 내 인생 전반에 걸쳐 주위를 맴돌았다. 어머니와 함께 있던 때도 마찬가지였다.

엄마를 생각하니 심장이 내려앉는 것 같다. 내가 성인이 되기 전에 엄마는 떠났다. 시간이 한참 흘렀는데도 내게 이런 반응을 일으킨다는 사실이 당황스럽기까지 하다. 엄마란 그런 존재인데, 나의 어머니는 왜 어린 나에게 그런 혹독한 시련을 안겨준 것일까?

머리가 또 울린다. 끔찍한 두통이 시작되려는 신호다. 한없이 머리를 때리는 고통이 마치 실제 소리가 들리는 것처럼 나를 괴롭힌다. 이럴 땐 생각을 그만해야 한다. 아무래도 잠시 쉬어야겠다.

녹음을 중단한다.

이제는 자고 일어나도 머리가 그다지 맑지 않다. 어릴 땐 조금만 쉬어도 금방 괜찮아졌는데 언제부터인가 쉽게 회복되지 못하고 있다. 오랜 기간 사람들의 착취에 시달려왔기 때문일 거다. 세상은 끊임없이 나를 옥죄었지만 나는 꿋꿋이 버텨냈다. 그런 내가 참으로 대견하다. 하지만 그렇게 고난을 하나둘 이겨내고 나면 언제나 더 큰 어려움이 닥쳐왔다. 그래서 지금은 모든 걸 내려놓고 싶은 거다. 풀어도 풀어도 결국 끝이 묶여 있는 매듭이라면 푸는 의미가 없으니까.

기억을 더듬어보면, 내 삶에서 가장 크게 묶여 있던 매듭은 어머니였다. 적어도 한때 자신의 몸에 나를 품었던 존재, 어머니….

이번엔 머리가 아파오지 않는다. 그래, 이제 엄마에 대한 이야기를 해야겠다.

그녀는 홀로 나를 키웠다. 아버지란 존재는 그 단어와 형태 모두 내 어린 시절엔 없었다. 엄마는 언제나 어두운 얼굴이었다. 나를 낳기 전부터 그런 얼굴이었는지, 나를 낳고 나서 그렇게 된 건지는 모르겠다. 그녀에겐 가족도 없었다. 그 말은 나 또한 엄마 외에는 친척이라고 할 만한 사람이 아무도 없었다는 뜻이다.

엄마의 삶이 원래부터 그랬던 건 아닌 것 같다. 나에게 정확히 말한 적은 단 한 번도 없지만, 엄마는 가끔 집에서 혼자 술을 마시다가 엄마가 그립다며 눈물짓기도 했다. 어린 내가 왜 엄마를 찾아가지 않냐고 물으면, 멍하니 고개를 흔들며 그럴 수 없다고만 대답했다. 그러곤 어두운 시선으로 나를 바라보곤 했다.

언젠가는 한참을 그렇게 바라보다가 갑자기 무서운 얼굴로 내게 소리쳤다.

'뭐라고? 엄마한테 뭐라고 했어, 지금?'

사실 나는 그때 배가 고픈 상태여서 엄마가 빨리 잠들기만을 바라며 앞에 놓인 참치캔을 바라보고 있었다. 엄마가 잠들어야 그나마 유일한 음식인 남은 안주라도 먹을 수 있었으니, 엄마에게 무슨 얘길 할 이유가 없었다.

난 곧바로 고개를 세차게 가로저었지만, 엄마는 얼굴을 붉히며 자리에서 일어났다.

'다 들었는데 어디서 거짓말이야, 어? 너한테 없는 아빠를 갑자기 왜 찾아? 왜에!'

엄마는 빠르게 말을 쏟아내곤 눈을 부라리며 무서운 기세로 바쁘게 움직였다. 나를 때릴 무언가를 찾는 거였다. 나는 재빨리 엄마를 피해 방에서 뛰쳐나갔다. 그리고 집 안의 유일하게 분리된 공간인 화장실로 들어가 문을 닫았다.

'쾅쾅쾅쾅!'

마치 커다란 망치로 문을 두드리는 듯한 소리가 욕실 안에 울려 퍼졌다.

'나와! 당장 나오라고!'

흥분한 엄마의 목소리에 나는 더 겁을 집어먹었다. 화장실 문손잡이 걸쇠가 풀리지 않도록 꼭 붙잡은 채, 엄마가 만들어내는 문의 충격을 온몸으로 받아냈다.

엄마는 계속 문을 두드리며 알아들을 수 없는 소리를 내질렀다. 난 너무 무서워서 울음을 터트릴 수밖에 없었다. 제발 그만하라고 애원했지만, 엄마 귀엔 내 말이 가닿지 않는 모양이었다.

다행히 잠시 후, 문을 두드리던 소리도 엄마의 말소리도 잦아들었다. 하지만 내 안의 두려움은 쉽게 가시지 않았다. 나는 화장실 밖으로 나가지 못하고 그 자리에 쭈그려 앉아 잠이 들어버렸다.

내 나이 여섯 살쯤의 일이다. 아니, 다섯 살이었을 수도 있다. 어느 쪽이든, 아주 어린 나이였다.

촛불 하나를 사이에 두고 무표정하게 나를 바라보던 엄마의 얼굴이 아직도 가끔 떠오른다. 그럴 때면 목덜미에 소름이 돋는다.

그날은 평소보다 일찍 집을 나선 엄마가 점심이 지

나서도 돌아오지 않았다. 주워 온 신문으로 혼자 방에서 종이접기를 하며 시간을 보내던 나는, 배고픔을 참지 못하고 엄마가 전날 끓여놓은 식은 김치찌개 냄비 뚜껑을 열었다. 커다란 숟가락으로 국물을 떠서 맛을 봤다. 텁텁하고 비릿한 게 묘한 맛이 났다. 엄마는 원래 음식 솜씨가 없는 사람이었으니 이상한 일은 아니었다. 난 배가 부를 만한 뭔가가 있다는 것에 감사하며 짜다는 생각도 못한 채 냄비를 바닥냈다.

그렇게 배를 채우고 다시 멍하니 엄마를 기다렸다. 그땐 전기도 끊겼던 시기라 텔레비전은커녕 형광등도 켤 수 없었다. 해가 지면 반지하 방은 어둠으로 채워졌다. 그럴 때 어린 내가 할 수 있는 건 오로지 자는 것뿐이었다. 방문을 열어둔 채 현관문 쪽에 시선을 두고 누웠다. 그렇게 엄마가 문을 열고 나타나길 기다리다 잠이 들었다.

얼마나 지났을까. 잠결에 촛불이 일핏 보였다. 실눈으로 그 불빛 너머에 앉아 있는 엄마를 보았다. 내 시선과 마주친 엄마의 눈빛이 묘했다. 텅 비었지만 비어 있지 않은, 차갑고 날카로운 기운이 내 눈을 통과해 뒤통수에까지 꽂히는 것 같았다. 목덜미가 스산한 공포로 뻣뻣해졌다. 하지만 막상 잠에서 깨어날 순 없었다. 팔다리

G선상의 아리아

가 무거워 뒤척이는 것도 불가능했다. 마치 뭔가가 땅바닥 밑에서 내 사지를 붙잡고 끌어당기는 것 같았다.

불현듯 전날 밤의 이상했던 광경이 머리를 스쳤다. 엄마는 찌개를 끓여두기만 하고 먹지 않았다. 간도 보지 않았다. 의심과 공포가 나를 잠식해왔지만, 너무 무거운 눈꺼풀을 이기지 못하고 다시 잠에 빠져들었다.

다음 날 아침에 일어나 보니 엄마는 나가고 없었다. 그녀가 어젯밤 앉아 있던 자리 옆에 커다란 비닐봉지만 하나 나뒹굴고 있었다. 내 머리 하나는 족히 들어갈 크기의 검은 비닐봉지였다. 그땐 그게 무슨 의미인지 몰랐지만 어른이 된 지금은 명확히 알고 있다. 차라리 그때 엄마가 행동에 옮겼다면, 내 영혼은 더 평온해졌을 텐데….

그런데 그 후 엄마가 변했다. 일을 더 자주 다녔다. 무슨 일을 하는지 정확히 알 순 없었지만 거의 매일 집을 나섰다. 출퇴근 시간은 일정하지 않았다. 하지만 화려한 옷차림에 진한 화장을 했던 그때의 모습이, 내가 기억하는 가장 아름다운 엄마의 모습이다. 그래서인지 그 시기엔 조금 안온했던 것 같다.

밀린 전기세를 내고 가장 좋았던 건, 어두워지더라도 형광등만 켜면 내가 하고 싶은 일을 할 수 있었던 거다. 주로 엄마가 어디선가 주워 오거나 얻어온 책을 읽었다. 아니, 글을 모를 때였으니까 그림을 봤다는 게 맞겠다. 그때까지도 엄마는 내게 교육이라는 걸 시켜준 적이 없었다. 하지만 난 책에 있는 그림을 보면서 상상할 수 있었다. 책 속의 인물들이 나에게 말을 걸어주었다. 그건 그때까지 내가 경험한 일들 중에서 가장 즐거운 일이었다. 그렇게 지내다 얼마 후, 드디어 학교에 가게 됐다.

나의 첫 담임선생님은 내가 다른 아이들보다 얌전하고 조숙하다고 했다. 내가 엄마에게도 받지 못했던 칭찬과 사랑을 완전한 타인에게서 처음 받은 거였다. 그 기분은 상상했던 것보다 훨씬 좋았다. 그때를 떠올리니 기분이 나아진다. 고단한 생을 마무리하려고 하니, 그 시간이 가장 그립다.

그렇게 한동안 엄마와 나는 각자의 삶을 살았다. 나는 학교에서, 엄마는 자신의 일터에서. 마주치는 시간이 줄었지만 나는 오히려 괜찮았다. 원래도 엄마라는 사람은 내게 다정하지 않았으니, 학교에서 담임선생님이 주는 관심이 더 중요했다. 선생님에게 잘 보이기 위해 옷을 단정히 입고 숙제도 열심히 해 갔다.

'이 문제를 정말로 혼자 풀었어? 대단하다!'

어려운 산수 숙제를 풀어간 그날, 그녀는 내 어깨를 토닥이며 내 어머니와는 전혀 다른 말투로 말했다.

그즈음에 나는 머리가 꽤 좋다는 걸 깨달았다. 그래서 더 열심히 공부했다. 어린아이가 공부를 해봤자 얼마나 했겠냐 생각하겠지만, 글자를 깨우치고 나선 그저 많이 읽는 것만으로도 상당한 지식을 쌓을 수 있었다. 이런 식의 삶이 계속된다면 나에게도 행복한 미래가 존재할 거란 착각마저 했다.

하지만… 내 삶은 나아졌지만, 엄마의 삶은 그렇지 못한 듯했다. 다시 자주 소리를 지르고 내게 욕을 내뱉었다. 그리고 눈빛… 아마 그 눈빛이 사람들과 다투게 했을 거다. 하던 일을 못하게 되고 새 일자리를 구해야 하는 상황이 빈번했다. 하지만 새 직장에서도 며칠 만에 사람들과 싸움을 벌이고 문제를 일으켜 쫓겨나거나, 엄마가 견디지 못하고 그만두는 일이 반복됐다.

내 나이 열 살, 그 가을을 시작으로 벌어진 일이었다. 날은 점점 추워지는데, 또다시 공과금을 내지 못해 집안은 엉망진창이 됐다. 밥 먹고 몸을 씻기도 쉽지 않은 상황에서 옷까지 빨아 입는 건 사치스러운 일이었다.

"쿵쿵쿵!"

자연스레 내 몰골은 점점 말이 아니게 되어갔다. 가

뜩이나 왜소한 체구에 온몸으로 가난을 발산하고 다니
더니 이제 옷에서 냄새까지 풍겼다. 아이들이 눈살을 찌
푸리며 나를 노려보는 일이 허다했고, 내가 가까이 가
면 몸에 닿기라도 할까 봐 소스라치게 놀라며 자리를
피했다.

"쿵쿵쿵!"

나를 그렇게 아껴주던 담임선생님도 예외는 아니었
다. 내가 눈치챌까 봐 조심하긴 했지만, 칠판에서 문제
를 풀고 있을 때 내 뒤에서 코를 막고 있었다. 굳이 뒤
를 돌아보지 않고도 나는 그 여자가 그러는 걸 알 수
있었다.

화가 치밀었다. 좋은 가정환경에서 자라 내 상황은
상상도 하지 못할 아이들에게, 선생이랍시고 자기 좋을
때만 애정을 주던 그 여자에게, 그리고 나를 이런 상황
에 빠뜨린 가장 큰 원흉인 엄마에게 화가 났다. 하지만
힘없고 왜소한 내가 할 수 있는 일은 없었다. 게다가 더
끔찍한 시간이 나를 기다리고 있었….

"쿵쿵쿵쿵!"

잠시 끊어야겠다. 아까부터 누가 자꾸 문을 두드
린다.

계획에 없던 일을 갑자기 처리하느라 시간이 지체되었다. 이 녹음으로 모든 걸 정리하고 홀가분해지고 싶었는데, 내게 주어진 삶은 그것마저도 쉬이 허락하지 않는 것 같다. 좀 더… 서둘러야겠다. 마무리하기까지 해야 할 일이 늘었다.

그러니까, 언젠가, 엄마가 평소와는 너무도 다른 표정과 태도로 나에게 외출을 하자고 했다. 내가 가진 가장 좋은 옷을 입히고 한 번도 가본 적 없던 호텔 식당으로 데려갔다. 엄마는 가는 내내 '호호' 소리를 내며 웃었다. 그녀가 그렇게 웃는 걸 본 적이 없어서 그 모습이 기이하다는 생각까지 들었다.

엄마가 나를 데려간 식당엔 웬 남자 하나가 먼저 와 있었다. 우릴 보더니 미소를 지으며 자리에서 일어나 손을 흔들었다. 호감형 얼굴에 건장한 체격, 번지르르한 양복이 묘하게 뱀의 거죽 같다는 인상을 주는 남자였다.

'인사드려, 엄마 친구야. 국민학교 동창! 얼마 전 우연히 만났지 뭐야?'

엄마는 발랄한 목소리로 그를 소개했다. 그게 K와의 첫 만남이었다.

K를 떠올리니 머리가 다시 울리기 시작한다. 내 인생에서 진즉 사라졌는데도 다시 나타나 나를 괴롭히는

괴물 같은 존재. …머리가 아프다. 그를 떠올리기 싫은 내 방어기제 때문일 거다. 다른 생각을 하자, 다른 생각…. 음악, 그래, 음악!

내가 어릴 때 유일하게 배우고 싶었던 악기가 있다면, 그건 바이올린이다. 모두 같은 길이의 줄이지만 어떤 줄을 어느 위치에서 잡느냐에 따라 음높이가 달라지는 악기. 때로는 감미롭게, 때로는 카리스마를 담아 감정을 표현하는 악기. 제대로 줄을 잡으면 아름다운 소리를 내지만, 조금만 비껴 잡으면 고막을 찢을 듯 비명을 내지르는 악기. 그 악기로 연주하는 G선상의 아리아를, 나는 참 좋아했다. 그 곡을 처음 들은 곳도 K의 집이었다.

엄마 심부름으로 동사무소에 간 적이 있다. 장애인 연금 신청 때문이었다. 지금은 세상이 좋아져서 온라인으로도 신청할 수 있지만 그 시절엔 직접 방문해서 서류를 작성해야 했다. 담당 공무원은 내 방문 목적을 듣더니 그건 당사자인 엄마가 직접 와야 한다고 했다. 그러면서 전단 한 장을 건네주며 나를 돌려보냈다.

엄마라는 여자는 왜 어린 나를 그곳에 보냈던 건지, 성인이 된 지금도 이해하기 힘들다. 어쩌면 K가 시켰을지도 모른다. 아, 그래, K, 그 이야기를 하다 말았지….

호텔 식당에서 처음 그를 만났을 때만 해도 나는 어른 남자가 내 인생에 들어왔다는 사실에 기뻐했다. 최소한 K 덕분에 비싼 식당에서 난생처음 맛보는 음식도 먹어볼 수 있었으니까.

스테이크였다. 반짝이는 포크와 나이프로 우아하게 썰어 먹는 소고기. 돼지고기나 닭고기와는 차원이 다른 부드럽고 고소한 맛의 아름다운 고깃덩어리.

나는 커다랗게 썬 고기를 허겁지겁 입안으로 밀어넣었는데, K는 그런 모습이 재미있다는 듯 청명한 웃음을 터트렸다. 그러곤 아주 느린 속도로 유영하듯 고기를 잘게 썰어 입에 넣고 오물거렸다. 엄마는 그런 K를 반짝이는 눈으로 바라봤다. 나에겐 한 번도 보인 적 없는, 애정이 듬뿍 담긴 눈빛이었다.

그날 이후 K는 엄마와 나의 삶에 함께했다. 엄마는 물론 나와도 어울리는 시간이 많아졌고, 난 그게 좋았다. 텔레비전 드라마에서나 보던 행복한 가족의 모습이 그대로 내 삶에 들어온 것 같았으니까. 엄마는 예전에 비해 상당히 밝아졌고 일자리에서도 잘 버텼다. 이런 모든 변화는 내 삶을 다른 아이들의 그것과 비슷하게 만들었다.

얼마 후 엄마와 나는 K의 집으로 이사했다. 우리

둘의 짐은 간소하다 못해 없는 지경이라 이삿짐을 꾸리는 데 반나절도 걸리지 않았다. K의 집이 어디에 있는지, 어떤 곳인지에 대한 정보는 전혀 없었지만, 난 기대에 들떠 마냥 웃음이 났다. 40분 정도 차를 타고 가서 도착한 집은 서울에서 조금 떨어진 경기도 외곽의 이층짜리 단독주택이었다. 그곳을 처음 보았을 때의 감정이 지금도 생각난다. 내가 살 거라곤 꿈에도 생각하지 못한 집의 모양새를 본 순간, 가슴에서 새하얀 빛이 터져 나와 주변을 따뜻하게 감싸는 느낌이었다.

K는 집안일을 해주는 입주 가정부 외에는 함께 사는 가족이 없었다. 집은 워낙 넓고 커서, 엄마와 내가 방을 하나씩 차지하고도 방이 남았다. 내 방은 가정부 아줌마와 같은 복도에 있는 작은 방이었는데, 작다고 해도 원래 지내던 방의 두 배는 되었다.

방에 들어서자마자 처음 가져보는 책상과 의자, 침대 그리고 그 위에 깔린 보드라운 이불을 번갈아 가며 한참 쓰다듬었다. 꿈인지 생시인지 모를 기분 좋은 멍함을 느꼈다. 난생처음 갖게 된 책상에 교과서를 정리하고 있을 때, 내 방을 찾은 엄마가 얘기했다.

'여기 살게 된 건 다 K 덕분이야. 그러니까 신경 거스르지 않게 조심해!'

나는 말없이 고개만 살짝 끄덕였다.

그곳에서의 생활은 모든 게 평안했다. 등하굣길이 멀어져서 조금 더 서둘러 채비하고 조금 더 늦게 집에 돌아와야 했지만, 그곳에 살면서 얻게 된 혜택에 비하면 아무것도 아니었다.

게다가 K의 살림을 책임지던 가정부 아줌마가 모든 허드렛일을 해줬다. 아줌마 입장에서는 군식구가 늘어 힘들었을 텐데, K가 돈을 더 주기라도 했는지 우리에겐 싫은 티를 전혀 내지 않았다. 아줌마는 말이 없고 소심한 성격 같았다. 내가 말을 걸어도 고개를 까닥거리거나 미소만 지을 뿐, 대화를 피하는 느낌이었다. 나중에 엄마에게 들어서 알게 되었는데, 아줌마는 목소리를 내지 못한다고 했다. 날 때부터 그랬던 건 아니고 성인이 된 후 사고로 성대를 다친 거라고 했다.

나는 아줌마에게 동질감을 느꼈다. 신체적으로 무언가를 박탈당해 다른 사람들보다 부족한 상태가 된 점이 나와 비슷했으니까.

아줌마에게는 특이한 습관이 있었다. 한여름에도 목에 스카프를 겹겹이 두르거나, 실내에서 선글라스를 끼는 등, 이상한 차림새로 일하곤 했다. 내가 궁금해하자, 엄마는 우리와 상관없는 사람이니 알려고 하지 말라면서, 행여 K에게 물어보는 일 따위도 절대 하지 말라고 덧붙였다. 그래서 난 더 이상 궁금해하지 않았다. 내가 겨우 갖게 된 안정을 깨트리기 싫었다.

그런데 어느 날, 아줌마가 보이지 않았다. 저녁식사 시간이 다 되었는데도 식탁이 텅 빈 상태였다. 식탁 앞에 앉아서 석간신문을 읽던 K에게 아줌마의 행방을 물으니, 그는 신문에서 눈도 떼지 않은 채 무심한 말투로 대답했다.

'그만두겠다는 쪽지만 두고 사라졌어. 너랑 네 엄마가 너무 지저분해서 일이 많아진 게 싫었다나?'

나는 이해가 되지 않아 눈썹을 찡그렸다. 엄마는 몰라도, 나는 아줌마를 힘들게 할 만한 행동은 하지 않았으니까.

그때 엄마가 부엌에 들어서다 나와 눈이 마주치자 급히 시선을 피했다. 눈빛이 흔들렸고 표정도 어두웠다. K는 멈춰 선 엄마의 손을 잡아끌어 옆 의자에 앉혔다. 그리고 너무 부드러워서 기괴하기까지 한 미소를 지으며 말했다.

'이제 집안 살림은 네가 할 거지?'

엄마는 굳은 표정으로 고개를 약하게 끄덕였다. K는 바로 시선을 신문으로 옮기며 중얼거렸다.

G선상의 아리아

'배고파. 빨리 식사 준비해.'

어느새 그의 말투는 강압적으로 바뀌어 있었다. 엄마는 K의 말을 듣고도 잠시 움직이지 못했다. 현실을 인지하지 못한 듯 이마를 찡그린 채 자신만의 세계에 빠져 있었다. 나는 그 상황이 어떤 것인지 짐작할 수 있었기에 엄마를 불러 그 세계를 깨트리려고 했다. 하지만 내가 입을 떼기도 전에 K의 호통이 엄마에게 곧장 꽂혔다.

'안 움직이고 뭐 해!'

엄마는 정신이 들었는지 자리에서 벌떡 일어나 싱크대로 향했다. 나는 냄비에 물을 채우는 엄마의 손이 바르르 떨리는 걸 봤다. 동시에 K의 입꼬리가 하늘을 향해 올라갔다. 그는 겁먹은 엄마의 모습을 재미있어 했다.

그렇게 K가 달라졌다. 아니, 달라진 게 아니라 본모습을 드러냈다고 보는 게 맞을 거다. 그동안 우리에게 감추고 있던 악마의 모습을.

처음에는 단순한 손찌검이었다. 엄마가 실수했을 때 가볍게 손등을 찰싹 소리가 나도록 때렸다. 엄마도 처음엔 그걸 애정 표현이라고 생각했던 것 같다. 하지만 그 부위는 곧 엄마의 팔, 어깨를 지나 뺨으로 옮겨갔고, 힘의 세기도 강해졌다.

나는 엄마가 예전부터 구제 불능인 면이 있었기 때

문에 K가 이를 잡아주는 건 좋은 일이라고 생각했다. 처음엔 그랬다. '잘못했으면 매를 맞아야지.' 그게 엄마가 항상 했던 말이었으니까.

하지만 K의 폭력은 점점 강도가 세지더니 이내 한계를 벗어나기 시작했다. 뺨을 때리던 손바닥은 주먹이 되었고, 손만 쓰던 걸 넘어 발로 걷어차거나, 심지어 작은 접시 하나를 깨뜨렸다고 엄마의 목을 졸랐다. 더 이상 그 집에서의 생활이 행복하지 않았다.

그리고 마침내, 그 일이 터졌다.

K의 집에서 지낸 지 2년이 가까워진, 여름을 지나 가을로 가는 어느 저녁이었다. 식사를 막 시작한 K가 된장찌개 맛을 보더니 숟가락을 탁 소리가 나게 내려놓았다. 곧바로 냄비를 들고 거실로 가더니 바닥에 내동댕이쳤다. 찌개가 거실 중심에서 사방으로 흩어지며 대리석 바닥에 깔렸다. 엄마가 깜짝 놀라 걸레를 들고 달려갔지만, K는 엄마 손에서 걸레를 빼앗으며 소리쳤다.

'미쳤어? 온갖 재료가 다 들어갔는데 이걸 그냥 닦아서 버리겠다고? 너라도 먹어야지!'

엄마는 멍한 표정으로 방금 들은 말이 정말 K의 입에서 나온 게 맞는지 확인하려는 듯 그를 쳐다봤다. K는 다시 말하는 것조차 시간 낭비라는 듯 바로 엄마의 목덜미를 오른팔로 내리눌렀다. 거실 바닥에 깔린 찌개 국물에 엄마의 뺨이 짓이겨졌다.

'먹어! 핥아먹으라고!'

'핥아먹으라고.' 정말로 K는 그렇게 말했다. 엄마는 얼굴을 찡그린 채 손으로 바닥을 짚어 얼굴을 들어보려고 했지만, 찌개 국물에 연신 손이 미끄러지기만 했다.

엄마의 발버둥에 K는 다른 손으로 엄마의 얼굴을 바닥에 더욱 밀착시켰다. 더 이상의 저항은 불가능하다는 걸 깨달은 엄마의 눈에 눈물이 고였다. 그 눈으로 나를 바라봤다. 하지만 처음 이 집에 온 날 엄마가 당부했던 대로, 나는 K를 거스르지 않기 위해 가만히 그 모습을 지켜보고만 있었다.

고여 있던 엄마의 눈물이 바닥으로 흘러내렸다. 그리고 마침내, 엄마는 그 눈물이 섞인 찌개 국물을 혀로 핥기 시작했다. 그걸 본 K의 얼굴에 다시 기괴한 미소가 번졌다. 악마의 얼굴이 되었다. 지옥에서 올라온 괴물.

갑자기 K가 고개를 들어 나를 쳐다보더니 소리쳤다.

'뭘 봐? 너도 찌개 맛 좀 보고 싶어?'

나는 재빨리 몸을 돌려 내 방으로 달려갔다. 방에 들어가 문을 잠그자마자, 거칠게 방문을 두드리는 소리가 진동과 함께 울렸다.

'쿵쿵쿵! 쿵쿵쿵쿵!'

방 전체가 흔들리는 것 같았다. 나는 천천히 자리에 주저앉아 두 손으로 귀를 막았다. 그래도 소리는 사그라지지 않고 점점 더 커졌다. 시간이 빨리 지나기만을 바라며 눈을 질끈 감았다. 그렇게 한참 동안 그대로 있었다.

얼마나 지났을까. 잠들어 있던 나를 누군가 황급히 흔들어대며 깨웠다. 엄마였다.

'빨리 정신 차리고 일어나서 옷 입어, 어서!'

엄마는 스탠드등만 켠 채 짐을 챙겼다. 비몽사몽간에 방을 둘러보니 엄마가 문을 여는 데 사용한 걸로 보이는 부엌칼이 어둠 속에 떨어져 있었다. 그리고 어찌 된 영문인지 알 수 없었지만 나는 속옷만 입은 채였다.

주섬주섬 옷을 입으려다 스탠드등을 넘어뜨리고 말았다. 옆으로 누운 불빛에 엄마 옷에 묻어 있던 검붉은 얼룩들이 드러났다. 엄마는 욕설이 섞인 말을 낮게 내뱉으며 짐가방에서 겉옷을 꺼내 걸쳐 입었다. 여전히 멍하게 서 있던 내게 빨리 움직이라며 다시 한번 격한 목소리로 타박했다.

엄마와 짐가방을 나눠 메고 K의 집을 나섰다. 상당히 어두웠으니 한밤중에서 새벽으로 가는 시간쯤이었을

G선상의 아리아

거다. 가로등 아래를 지날 때 엄마의 얼굴과 목에 어제의 상처가 붉은 멍으로 남은 게 보였다. 가정부 아줌마가 떠올랐다.

며칠 뒤, 새로 구한 단칸방에서 텔레비전 뉴스를 보고 있었다. 엄마는 벽을 마주한 채 자고 있었다. 화면에 익숙한 풍경과 함께, 외딴집에서 시체 두 구가 발견됐다는 보도가 나왔다.

첫 번째 시체는 집주인 남자로, 안방에서 노끈으로 팔다리가 묶인 채 복부를 칼로 여러 번 찔린 상처가 있다고 했다. 모자이크 처리된 화면인데도 사방에 튄 피가 보였다. 뒷마당에서는 부패한 여자의 시체가 발굴되어 신원 확인 중이라고 했다. 흙 속에 반쯤 묻힌 스카프가 화면에 잡혔다. 아줌마는 우리가 지저분해서 떠난 게 아니었다.

"쿠쿵!"

…잠시 쉬어야겠다.

엄마가 사라진 건 언제였더라.

꽤 중요한 일인데, 난 이제 그런 것들조차 곧잘 잊어버린다. 일부러 기억에서 지워버리고 싶은 걸까. 하긴 따지고 보면, 내가 악마 같은 K를 만나게 된 것도 엄마가 그를 우리 삶에 끌어들였기 때문이다. 그래 놓고선 그 집을 떠나게 된 일에 대해 엄마는 계속 내 탓을 했다. 그 뒤로도 안 좋은 일들에 대한 책임은 언제나 내게 돌렸다. 그러니 시간이 갈수록 엄마는 내게 점점 더 불편한 존재가 됐다.

아, 이제 기억이 났다! 엄마가 사라진 건 고2가 되던 겨울이었다. 엄마는 뭔가를 찾다가 내 책상에서 CD 하나를 발견했다. K의 집에서 빠져나올 때 가방에 몰래 챙겼던 G선상의 아리아가 수록된 앨범이었다. 엄마는 한눈에 그게 K의 물건이란 걸 알아채곤 바닥에 내던져 부숴버렸다.

'우리 발목을 잡을 수도 있는 걸 왜 가지고 나왔어?!'

어릴 때였다면 벌벌 떨며 화장실로 달려가 숨었겠지만, 그때의 난 거의 성인이나 마찬가지였다. 문득 엄마가 도대체 언제까지 나를 이렇게 무시하고 괴롭힐까 궁금했다. 내 인생을 통틀어 나를 가장 무시하고 업신여기던 사람이 엄마였다는 사실을 새삼 깨달았다. 그때 작은 속삭임이 울렸다.

'더 이상 당하고 있을 필요 없어.'

그 후 엄마는 비로소 내 삶에서 사라졌다.

G선상의 아리아

엄마가 떠난 후엔 그냥 닥치는 대로 살았다. 학교도 그만두고 공사판에서 일하며 전국을 떠돌았다. 엄마로부터 자유로워졌지만, 사람들은 여전히 나를 가만 내버려두지 않았다. 자꾸만 이것저것 흠을 잡아서 해코지하고 괴롭히는 걸 멈추지 않았다. 어떨 땐 싸우고 어떨 땐 도망치며 내게 주어진 삶을 살아냈다. 포기하고 싶을 때도 있었지만 그렇게 쉽게 지고 싶지는 않았다.

　그렇게 떠돌다 이곳까지 오게 됐다. 경기도 외곽의 작은 도시, 거주자들이 적어서 좀 더 편히 머무를 수 있는 곳. 특히 이곳에 자리 잡기로 결심하게 된 가장 큰 이유는 셋집 주인 때문이다. 집주인 할아버지는 나보다 체격이 작다. 장애가 아닌, 나처럼 왜소한 몸을 가진 힘없는 늙은이.

　처음 이 셋집을 함께 둘러보던 중 내 배에서 꼬르륵 소리가 났다. 그러자 그는 어차피 자신도 혼자 먹어야 하니 함께 식사하자고 제안했다. 처음엔 사양했지만, 팔까지 잡아끌어 결국 그의 집으로 가게 됐다. 얼마 만에 받아보는 호의였던지… 밥을 먹다 나도 모르게 눈물을 쏟고 말았다. 그는 휴지를 건네주며 내 등을 가볍게 토닥였다.

　그렇게 이 집에 들어왔다. 확실히 이곳에 살면서 나

는 다시 평화를 찾을 수 있었고 점점 더 안정이 되었다.

얼마 전부턴 오랫동안 먹어오던 약도 끊었다. 이제 열흘이 조금 넘었을 거다. 약을 먹으면 머리가 멍해지고 몸이 축 처지는 느낌이 싫어서 결정한 일이다. 덕분에 정신은 맑아졌지만 가끔 참을 수 없는 두통이 몰려온다.

약을 먹게 된 건 조현병(調絃病) 때문이다. 처음 병원을 찾았을 때만 해도 정신분열증이란 이름이었다. 그런데 언젠가부터 명칭이 바뀌어서 요즘은 저렇게 부른다. 현악기의 줄을 조절해 음의 높이를 맞추는 것처럼 사람들은 정신의 줄을 연주하는데, 나는 그게 잘 안 되는 사람이라고 했다. 그래서 내가 아프다고, 병에 걸렸다고 했다.

하지만 나는 모르겠다. 난 아픈 곳이 없다. 내 정신이 여러 갈래로 갈라졌고 내가 그 줄을 제대로 연주하지 못한다고? 말도 안 되는 소리다. 나는 키가 작고 몸이 좀 왜소한 것 말고는 다른 사람들보다 똑똑하고 이해도 빠른 편이다.

그러나 장애등급을 받기 위해선 그들의 말에 장단을 맞출 필요가 있었다. 내 어머니가 그랬던 것처럼. 그래서 병원에 다니고 약을 받아 먹었던 거다. 그 정도로 내 머리가 좋다는 말이다. 실제로 나는 내가 아프지 않다는 걸 정확히 알고 있으니까.

　게다가 내겐 필요할 때면 언제나 도움을 주는, 남들은 모르는 존재도 있다. 바로 내가 좋아하는 G선의 음률을 타고 들려오는 목소리다. 집주인 할아버지를 처음 만났을 때도 목소리가 알려줬다.

　'이 사람은 괜찮아. 믿을 수 있는 사람인 것 같아.'

　역시나 목소리는 옳았다. 집주인 할아버지는 지층밖에 들어가지 못하는 보증금을 받고도 1층의 101호를 내주었다. 나는 고마운 마음에 계약하는 날, 내가 좋아하는 바나나도 한 다발 선물했다. 그는 밝게 웃으며 처음 만난 날 그랬던 것처럼 내 어깨를 토닥여주었다.

　이사 후 한동안은 너무 행복했다. 내 삶이 이젠 정말 바뀐 것 같았다.

　하지만 201호가 이사 오면서 다시 고난이 시작됐다. 201호는 시시때때로 조심성 없게 발을 구르며 다녔다. 어떤 땐 일부러 나를 자극하기 위해 방 안에서 뛰는 게 분명했다. 며칠을 참다, 결국 위로 올라갔다. 초인종을 세 번쯤 누르고서야 모습을 드러낸 그는 꽤나 덩치가 큰 젊은 남자였다. 발소리가 컸던 이유가 있었다. 무식하게 덩치만 비대해서 타인에 대한 배려는 눈곱만큼도 없는 놈이었다.

그는 내 용건을 듣자마자 나를 위아래로 훑으며 심드렁한 말투로 말했다.

'그 키면 내가 발을 아무리 굴러도 그 소리가 귀에 닿지도 않겠고만 웬 오바야?'

놈은 말을 마치며 코웃음까지 쳤다. 순식간에 피가 거꾸로 솟구치면서 목소리가 들렸다.

'이런 놈을 그냥 두려고?'

대답할 필요는 없었다. 나는 이런 상황에서 어떻게 해야 하는지 이미 알고 있었다.

곧바로 달려들어 주먹으로 그 건방진 얼굴을 마구 쳤다. 예상치 못한 공격에 녀석은 미처 반격도 하지 못하고 결정타를 맞아 쓰러졌다. 놀란 녀석의 여자친구가 방에서 뛰쳐나와 나를 말리려 했지만 역부족이었다. 나는 경찰이 도착할 때까지 놈의 얼굴을 때리는 걸 멈추지 않았다. 결국 놈은 기절했고, 나는 승리했다.

그 일 때문에 재판이 진행 중이다. 이런 일이 한두 번이 아니었기 때문에 이젠 별로 신경 쓰이지도 않는다. 정작 나를 힘들게 하는 건, 집주인 할아버지의 태도가 완전히 달라진 것이다. 심지어 방을 빼라고까지 했다.

어제도 그것 때문에 나를 찾아왔다. 초인종이 고장나서 문을 두드린 게 바로 집주인 할아버지였다. 초인

종이나 얼른 고쳐줄 것이지, 집주인으로서 해야 할 도리는 하지도 않고 본인이 원하는 것만 요구하는 착취자.

그런데 어제 문 앞에서 그가 지껄이는 말을 실망스러운 마음으로 듣고 있을 때 목소리가 다시 속삭였다.

'다를 바 없는 놈이었네. 이 악마도 결국엔 널 괴롭힐 거야!'

순간 집주인의 얼굴에서 K가 보였다. 닮았다고 생각한 적은 단 한 번도 없었는데, 그의 얼굴이 K의 얼굴로 바뀌어 있었다.

나는 재빨리 K의 목덜미를 양손으로 잡아 집 안으로 끌고 들어왔다. 입을 벌리게 한 후 바닥에 있던 양말 뭉치를 밀어넣었다. 제압한 팔다리는 곧바로 주머니에 있던 노끈을 꺼내 묶었다. 노끈은 언제 필요할지 모르니 항상 지니고 있어야 한다고 어릴 때부터 목소리가 말해주었다. 목소리의 말대로 노끈은 매번 유용했다.

그렇게 결박해서 화장실 수도관에 묶어뒀는데, 놈이 아까 그걸 빼서 다시 처리하고 와야 했다. 그래도 팔다리는 풀리지 않아….

"컥, 바, 박씨! 자네 도대체 나한테 왜 이러는 건가, 어? 제, 제발, 우리 얘기를…!"

이런, K가 이번엔 양말을 뱉어냈나 보다. 더 시끄러

워지기 전에 다시 가봐야겠다.

아, 그런데, 당신들도 이 음악 소리가 들리나? G선상의 아리아다. 이게 바로 K를 처리하라는 목소리의 신호다.

K를 처리하고 나면 난 새로운 삶을 살 수 있을 거다. 과거의 불쌍했던 나는 이제 안녕이다.

녹음을 마친다.

연모

1

9년 만인가.

지난 시간을 헤아리며 최근 대한민국에서 가장 주목받는 스타트업인 '엔진N-Genuine'의 CEO 사무실로 들어선다. 《타임》에서 선정한 100인의 글로벌 여성 CEO에 당당히 이름을 올린 장소형을 인터뷰하기 위해서다. 1년이 모자란 10년 만에 옛 제자와 재회하는 시간. 사실 사제관계라고 하기엔 내가 가르친 게 거의 없었지만.

"대표님, 오민우 기자님 오셨습니다."

앞서 들어간 직원이 정중한 태도로 널찍한 책상 옆에 반듯하게 선 이에게 보고한다. 그 말이 끝나자마자, 창으로 들어오는 빛을 이용해 서류를 읽던 여성이 내쪽으로 몸을 돌린다. 한낮의 태양이 그녀의 뒤에서 후광과도 같은 빛을 뿌린다.

그 찬란함으로부터 눈을 보호하기 위해 나는 한 손을 들어 가린다. 동시에 가늘게 뜬 눈으로 천천히 나를 향해 걸어오는 소형을 훔쳐본다. 교복을 입던 소녀는 9년 만에 차가운 기운이 흐르는 군청색 슈트가 잘 어울리는 여자가 되어 있다. 소녀일 때도 핏속에서 흐르고 있을 것만 같았던 카리스마가 성숙해진 외모와 만나자 놀랍도록 완벽해 보인다.

　나는 속으로 중얼거린다. 역시, 상상했던 것 이상이네.

　소형이 책상 맞은편의 고급 소파를 가리키며 담담하게 말한다.

　"오랜만입니다. 이쪽에 앉으시죠."

　미소를 지어 보이지만 어딘지 모르게 어색하다. 감정표현법을 잘 모르던 소녀 소형의 얼굴이 떠올라 겹친다. 이만큼의 변화도 꽤 오랜 시간 노력한 결과이리라. 어쩌면 스타트업을 창업해 운영하면서 체득한 수완일지도 모른다. 사업을 지금의 궤도로 올려놓을 만큼 성공시키면서 사회성도 발전한 것은, 말 그대로 소형이 여러 면에서 성장했다는 걸 보여주는 거겠지. 대견하다거나 뿌듯하다고 표현할 수 있을 만한 무언가가 내 안에서 솟는다.

　"내가 알아서 할 테니, 따로 부를 때까진 방해하지 말도록."

　소형이 서술어를 생략하며 짧게 말하자, 나를 안내했던 이는 곧바로 고개를 끄덕이곤 사무실에서 사라진다. 완벽하게 훈련된 느낌이다. 그런 부하직원의 행동이 당연하다는 듯, 소형은 사무실 한구석에 마련된 작은 탕비실로 향하며 말한다.

"기자님 탄산수 좋아하시죠? 플레인? 레몬 향도
있습니다만."

"플레인이면 좋겠습니다."

당당하고 사무적인 소형의 말투에 내 답도 경직되
어 튀어 나간다. 상대에 맞춰 반응하는 오랜 습관 때문
이다. 하지만 '습니다'라니. 그래도 한때 스승의 자리에
있던 적이 있었건만, 마치 주눅이라도 든 것처럼 대답한
나에게 조소를 날리고 싶은 지경이다.

"너무 격식 차리시는 거 아니에요? 말씀 편하게 하
세요."

소형이 음료를 챙겨 맞은편에 앉는다. 탄산수와 얼
음을 넣은 유리컵을 내 앞으로 줄을 맞춰 나란히 밀어
준다. 소형은 자신의 것은 따로 컵을 챙기지 않았다. 생
수병째 마실 생각인지 뚜껑을 바로 딴다.

"응, 그래. 고마워."

나는 소형을 보느라 어색하게 대답하곤 그 얼굴에
빨려들듯 바라본다. 입꼬리를 올려 웃는다. 난감한 상
황에서, 내가 습관처럼 하는 반응이다.

소형이 시선을 들다 그런 나를 보곤 입술을 살짝
비틀며 말한다.

"여전하시네요. 그때도 참 맑은 분이셨죠, 마치 이 물처럼. 그래서 어딘지 어설프기도 했고. 변치 않아서 전 좋지만요."

"9년 만에 만난 선생님에게 제자가 하는 말치곤, 좀 버릇없는 것 같은데?"

내가 적절한 대응으로 응수하자, 소형이 예상치 못했다는 듯 눈을 살짝 크게 뜨며 묻는다.

"9년 만인 거 알고 계셨어요? 당연히 저 같은 애는 잊으셨을 줄 알았는데."

"넌 누군가에게 쉽게 잊힐 만한 사람이 아니야. 그러니까 이렇게 성공도 했지."

나는 목소리에 경외의 감정까지 담아 이야기한다. 그걸 알아챈 소형의 눈이 한순간에 차분해진다. 깊이를 알 수 없는 검은 눈동자가 수 초 동안 내 눈을 지그시 마주 본다.

보이지 않는 무언가로 연결된 듯 나의 온 정신이 그 시선에 빠져든다. 아무 말도 하지 않고 하염없이 마주 보고만 있어도 좋겠다는 생각까지 들자, 나는 퍼뜩 정신을 차린다. 그대로 빠르게 눈을 내리까는데, 소형이 내 시선을 붙잡으려는 듯 신속히 말한다.

"노력한 거예요, 원하는 걸 갖기 위해서."

나는 놀란 듯 눈을 커다랗게 뜨고 다시 소형을 응시한다. 강한 열망이 소형의 얼굴을 가득 채우고 있다. 타오르는 불이라도 품은 것 같은 그 표정은 과거의 그때, 내가 마지막으로 보았던 소형의 얼굴과 같다. 변한 구석이 하나도 없었다. 어쩌면 그때보다 더욱 격렬해진 욕망으로 타오르고 있을지도 모른다.

그 열망에 반응해주고 싶어 몸이 움찔거리지만 그러면 안 된다. 지금 내가 해야 할 말은 따로 있다.

"미안. 네가 노력을 하지 않았다는 의미가 아니라, 네가 그만큼 인상적인 아이였다는 걸 알려주고 싶었…."

"알아요, 무슨 의미인지. 하지만 그때의 전 잊어주세요. 별 볼 일 없는 어린아이였으니까, 기억에서 지워주시면 좋겠어요."

소형은 이야기의 흐름을 바꾸려는 듯 허리를 반듯하게 세우곤 턱을 치켜든다. 건조하지만 당찬 말투로 빠르게 이야기한다.

"오늘은 성공한 스타트업 CEO로서의 저를 인터뷰하러 오셨으니까, 옛날 얘긴 그만하고 지금의 저에게 집중해주시겠어요?"

"아, 그래, 그래야지."

나는 당황스레 주섬주섬 가방에서 질문지를 꺼내고 휴대폰의 녹음 앱을 세팅한다. 소형은 내가 준비되길 기다리며 생수병에 입술을 대지 않고 물을 넘긴다. 그러느라 아랫입술에 남은 물기가 붉은 입술을 더욱 진해 보이게 하며 반짝인다.

그 광채에, 소형을 처음 본 그날이 떠오른다.

2

"쟤야, 쟤! 사이코패스라고 소문난…!"

청소 시간이었다. 함께 교생 실습을 나온 대학 동기 서정이 교실 뒤에서 창밖을 멍하니 보며 서 있는 여학생을 턱으로 가리키며 말했다. 주위의 다른 친구들은 슬렁슬렁 움직이긴 해도 청소하는 시늉이라도 내고 있었지만, 그 여학생은 전혀 관심이 없어 보였다. 그 공간에 아예 존재하지 않는 듯 철저하게 괴리된 모습이었다.

그런데 희한하게 주위를 압도하는 분위기를 풍겼다. 보통 사람들은 그 여학생의 생김새 때문이라고 생각할 게 분명했다. 아이들의 표현을 빌리자면, '길거리 캐스팅을 지겹도록 당했을 것 같은' 모습이었다. 또래 여학생 평균보다 10센티미터는 더 큰 키, 호리호리한 체격에 투명해 보일 정도로 하얀 피부에 검고 건강해 보이는 머릿결. 또렷한 이목구비에 단정하게 뻗은 짙은 눈썹은 여자아이들이 꿈에서라도 되고 싶어할 외모, 그 자체였다.

하지만 여학생은 거기에 더해 서늘한 무언가도 가지고 있었다. 보통 사람들은 알아채지 못했겠지만, 나에겐 보였다. 숙명과도 같은 외로움. 특별한 존재이기에 벗어날 수도, 떼어버릴 수도 없는 고독감이.

여학생은 무심하게 손을 뻗어 창가에 놓인 생수병을 집어들었다. 그대로 뚜껑을 열고 입을 대지 않은 채 물을 흘려 넣었다. 열린 창문으로 들어오던 햇살이 여학생의 얼굴에 쏟아졌다. 입술에 남은 물기에 빛이 닿았다. 반짝. 그 순간, 묵직한 무언가가 내 명치를 때렸다.

나는 무의식중에 소리를 내 웅얼거리고 말았다.

"…예쁘네."

"뭐? 예쁘…? 어유, 진짜 남자들이란! 야, 오민우! 선생이라는 녀석이 지금 학생 외모 가지고 품평하는 거야?"

서정이 기겁한 말투로 내 팔뚝을 때리며 타박하자, 다급히 변명을 중얼거렸다.

"아니, 그게 아니고. 미안, 내가 잠깐 정신이 나갔었나 봐. 아무튼, 쟤가 왜 사이코패스라는 거야? 진단이라도 받은 거야?"

"진단? 정신과 진단 말하는 거야? 에이, 그렇게까진 아닐 테고. 행동하는 게 아무래도 그래 보여서 애들이 그렇게 부른다나 봐. 쟤 담임선생님이 내 직속 선배잖아. 저번에 같이 밥 먹는데 쟤 땜에 골치 아프다고 털어놓더라고. 학급 애들이랑 말도 안 섞고 공기처럼 있는 듯 없는 듯 지낸대. 수업에도 집중하지 않고 딴짓을 하거나, 멍하게 창밖만 보고 있기 일쑤고."

서정의 말에 귀를 기울이는 척했지만, 내 시선은 어느새 여학생에게로 돌아가 있었다. 작은 동작 하나하나를 눈으로 좇으며 읊조리듯 물었다.

"딴…짓? 뭐?"

"단순 암기 같은 거? 뭘 그렇게 외우기만 한다나? 얼마 전까진 영어사전을 통째로 외우고 있었대. A부터 Z까지. 정말 외우는 건지 그냥 읽는 척하는 건지 궁금해서 선배가 한번 물어봤는데, 진짜로 다 외웠더래. 기억력 하나는 기똥차게 좋은가 봐. 하긴, 사이코패스 중에는 머리가 엄청 좋은 사람도 있다며? 집착이 강해서 그렇다고 들은 거 같기도 하고…."

서정이 몸을 돌려 교무실 쪽으로 걷기 시작했다. 떨어지지 않는 발걸음을 겨우 떼어 따라붙으며 물었다.

"부모님 반응은? 그 정도면 상담도 많이 했을 것 같은데."

"음, 어머니가 고1 때 돌아가셨다나 봐. 아버지는 일찌감치 포기한 건지 애를 믿는 건지, 선배한테도 사고 치는 거만 아니면 그냥 내버려두라고 부탁했대. 대대로 의사 집안인 데다 초중 성적은 또 탑이라, 아마 이러다 말겠지 생각하나 봐. 근데, 애가 저렇게 된 게 어머니가 돌아가시고부터인 거 같던데, 그냥 저대로 둬도 되나….”

말끝을 얼버무리는 서정의 얼굴에 어느새 학생을 향한 걱정이 떠올라 있었다. 그러다 퍼뜩 생각난 듯 덧붙였다.

“참, 게다가 최근엔 OMR 카드에 자꾸 장난질까지 한다나? 선배가 걱정하더라고.”

“장난질? 시험으로 장난칠 애로는 안 보이는데.”

“‘안 보이는데’? 얘 봐라, 너 또 외모로 사람 판단하는 거야?”

“그런 뜻이 아니라….”

“아니긴!”

서정이 눈을 가늘게 뜨며 째려보았다.

이럴 땐 눈은 반달로 만들고 입꼬리는 최대한 당겨 바보처럼 웃어야 한다. 나는 서정과 마주 본 얼굴을 재빨리 그렇게 만들었다.

“어유, 또 그 얼굴! 너 난감한 상황에서는 매번 그놈의 미소로 빠져나가지, 응? 넌 진짜 어머니한테 감사해야 돼. 너처럼 완벽하게 모성애를 자극하는 미소를 가진 놈은 첨 봤다니까.”

서정이 내 턱 끝을 손가락으로 잡아 흔들며 얄밉다는 듯 말했다.

나는 한 번 더 눈꼬리를 휘게 만들며 속으로 중얼거렸다. 응, 나도 매일 엄마에게 감사하며 살고 있어. 이것도 다 엄마가 알려준 방법이거든.

"어이, 김 선생!"

교무실 복도 끝에서 학생주임 선생이 서정을 불렀다. 서정은 즉시 긴장한 얼굴로 바뀌더니 '먼저 갈게'라고 입 모양을 만들어 보이곤 뛰어갔다.

나는 교무실을 향해 걸음을 떼려다 다시 교실 안을 돌아보았다. 여학생은 여전히 주변에 관심을 보이지 않은 채 자신의 세상에 빠져 있었다.

장소형. 마지막 음절이 센 발음이라서 그런지, 소리 내어 발음할 때면 목과 턱에 힘이 들어갔다.

여자 이름치고는 강한 느낌이었지만, 소형은 그 이름을 몸에 새기고 태어났나 싶을 만큼 잘 어울렸다. 성의 종성음과 이름의 마지막 종성음 이응(ㅇ)이 수미상응하면서 더욱 완벽하게 들렸다. 처음 소형의 이름을 알게 된 날, 발음할 때 생겨나는 입안의 울림이 묘하게 맘에 들어 몇 번을 되풀이해 소리를 내보았다.

이후 내 시선은 자연스럽게 소형을 쫓았다. 소형의 반 교실을 지날 때마다 속도를 늦춰 그가 앉아 있을 자리를 살폈다. 뭘 하고 있는지, 뭘 보고 있는지. 그러나 소형은 언제 어디서든, 주변에서 어떤 일이 일어나든, 감정을 읽을 수 없는 표정을 짓고 있었다. 간혹 호기심이나 필요에 의해 아이들이 말을 걸어도 소형은 답을 하지 않고 빤히 쳐다보거나, 부득이한 경우에도 단어로만 짧게 대답하고 곧바로 고개를 돌리기 일쑤였다.

소형은 급식도 잘 먹지 않는 모양이었다. 한번은 운동장 구석에 자리를 잡고 값싸 보이는 빵 하나에 생수만 먹고 있었다. 빵은 최대한 입안에 욱여넣어 삼켜버리곤 생수를 들이부었다. 식사의 개념보다는 배만 대충 채우겠다는 생각으로 보였다. 그런 후엔 수업 종이 치기 전까지 남들은 볼 수 없는 뭔가를 찾는 듯 허공을, 하늘을 끝없이 바라봤다. 소형이 보고 있는 게 뭔지 궁금해 시선을 따라가보았지만, 나는 아무것도 발견하지 못했다.

하루는 쉬는 시간에 복도를 지나다 소형의 자리를 확인하는데 보이지 않았다. 나도 모르게 교실 뒷문에 몸을 반쯤 밀어 넣고 소형을 찾고 있을 때였다.

"비켜요, 들어가게."

뒤에서 들려온 목소리였다. 한번도 가까이에서 목소리를 들은 적이 없었지만, 나는 그 목소리의 주인이 누군지 바로 알았다. 두근. 예기치 않은 박동에 잠시 멈칫하다 슬로모션처럼 몸을 돌렸다. 너무 빨리 돌아보면 소형이 사라져버릴 것 같아서였다.

그 짧은 찰나에도 어떤 표정을 지을지 고민했건만, 생각을 읽을 수 없는 말간 눈을 마주한 순간 내 표정은 얼어버렸다. 그대로 몸까지 굳어 아무것도 하지 못한 채 가만히 서 있기만 했다.

문을 막고 선 내가 거슬렸는지 소형은 살짝 눈을 찡그렸다. 그러나 이내 손으로 무심하게 내 몸을 밀쳤다. 갑작스럽게 닥친 물리적 힘에 내 몸이 휘청거리다 뒷벽에 부딪쳐 충격음이 났다.

학생들 몇몇이 달려와 걱정스럽게 목소리를 높였다.

"민우 쌤, 괜찮으세요?!"

"어우, 장소형 저 기집앤 교생 쌤한테까지 재수 없게 구네."

"야, 장소! 너 땜에 민우 쌤 다쳤잖아! 빨리 와서 사과 안 드려?"

소형은 이미 자신의 자리에 다다라 있었다. 아이들

의 소리에 슬쩍 돌아봤지만, 전혀 신경 쓰이지 않는다는 듯 그대로 자리에 앉아 책상에 얼굴을 묻었다.

나는 재빨리 학생들을 진정시키기 위해 말했다.

"아냐, 얘들아, 내가 문을 막고 서 있다가 그런 거야. 괜찮아, 괜찮아! 다치지도 않았는걸? 자, 이거 봐!"

부딪쳤던 옆구리를 손바닥으로 툭툭 쳐대며 마무리로 환한 미소를 지어 보였다.

"역시 천사 민우 쌤! 야, 장소, 민우 쌤이어서 다행인 줄 알아! 독사 학주였으면 당장 교무실 불려갔을걸?"

학생 하나가 마지막까지 위협적인 목소리로 소리쳤다. 하지만 학생의 그러한 가정은 비현실적이라는 걸 학생이나 나나, 잘 알고 있었다. 학생주임마저도 소형을 열외로 취급했으니까.

소형은 역시나 아무런 반응을 보이지 않고 책상 위로 늘씬한 몸을 뻗어 엎드렸다. 어색해진 공기에 나는 멋쩍은 표정으로 교실을 나섰다.

그 일이 있고 얼마 지나지 않아 중간고사가 있었다. 5일에 걸쳐 치러지던 시험 첫날, 교무실에서 게시판을 정리하던 중 누군가의 한탄이 들려왔다.

"어유, 이 녀석 또? 도대체 왜 이러는 거야?"

영어 선생님이 지긋지긋하다는 표정으로 OMR 카드 하나를 들고 있었다. 서정이 전에 언급했던 '장난질'이 머리를 스쳤다. 재빨리 다가가 물었다.

"무슨 일이세요, 선생님? 제가 뭐 도와드릴까요?"

"아, 오 선생. 학생 하나가 자꾸 시험 문제를 안 풀고 답안지에 낙서를 하는데, 뭔가 규칙성이 보여서 괜히 걱정되어서 말이야. 이거 혹시, 무슨 숨겨진 코드 같은 건 아니겠지? 왜, 우리 어릴 때도 오락실 게임기에 버튼을 이래저래 누르면 공짜로 생명 하나가 더 생긴다거나, 그런⋯."

본인이 생각해도 논리가 빈약하다는 걸 아는지 영어 선생님의 목소리는 점점 작아졌다. 사회생활을 잘하려면 이럴 때 맞장구를 잘 치는 게 중요했다. 나는 놀라운 의견이라는 듯 고개를 크게 주억거리며 호응했다.

"아, 치트키 같은 거요?"

"어? 어, 그래! 그거!"

"제가 좀 봐볼까요?"

"그래, 여깄어!"

영어 선생님이 재빨리 소형의 OMR 카드를 넘겨줬다. 내가 뭔가를 발견해서 자기 의견을 뒷받침해주길 바라는 눈치였다.

OMR 카드에 표시된 점과 줄이 보였다. 검은 그것들은 답안 칸에만 머물지 않고 문항 번호를 덮거나 여백으로 벗어나기도 했지만, 일정한 패턴으로 반복되는 형태였다.

그런데 남들은 눈치채기 힘든 그 패턴의 정체를, 나는 결국 알아보고 말았다. 단번에 의미까지 읽어내곤 눈을 커다랗게 뜬 채 나도 모르게 숨을 훅 들이쉬었다.

영어 선생님이 기대에 찬 얼굴로 내 어깨를 잡으며 물었다.

"오 선생, 뭔지 알아냈구나! 그렇지?"

"아, 아니에요. 가, 갑자기 콧물이 나와서, 아하하! 죄송해요."

어설프게 웃어넘기곤 그제야 이름을 확인한 것처럼 말을 이었다.

"음, 장소형 학생 거네요? 이 학생은 평소 수업 시간에도 멍하게 다른 곳만 보는 걸 저도 자주 봤어요. 평소에 그런 식이니 당연히 문제를 못 풀었겠죠. …그래도 빈 상태로 제출하긴 싫어서 그냥 아무렇게나 점선을 그린 거 아닐까요? 신경 안 쓰셔도 될 것 같은데요?"

얼굴에 미소를 올린 채 OMR 카드를 돌려줬다. 영

어 선생님은 꺼림칙한 표정을 풀지 못한 채 자리에 앉았다.

나는 바로 몸을 돌려 그를 등졌다. 굳은 얼굴로 게시판을 향해 걸어가며 다짐했다. 소형을 그대로 두면 안 되겠다고. 관찰은 그만 끝내고 이제부터는 소형의 삶에 좀 더 개입해야겠다고.

중간고사가 끝난 어느 날, 연이어 비가 내리던 시기였다. 4일 정도는 계속된 비였을 것이다. 양은 많지 않았지만, 끊임없이 가늘고 조용하게 내리던 비는 학생들은 물론, 선생님들의 기운까지 처지게 했다. 항상 에너지가 넘치던 서정마저 침울해져 말수가 줄었던 기억이 난다.

비가 많이 와서인지 그날따라 인터넷 속도가 불안정해서 업무 마무리가 늦어졌다. 결국 교생인 내가 교무실을 맨 마지막으로 나서게 됐다.

건물 현관을 나와 3단 우산을 펼치는데 살 하나가 부러져 있었다. 아침에 나설 때부터 이음새가 불안했는데 우산 보관함에서 다른 우산들과 부딪치다 망가진 모양이었다. 어찌해야 할지 잠시 고민하는데 현관문 옆에 검은 장우산 하나가 세워진 게 보였다. 거의 새것인 듯 표면이 반질거렸고 대도 짱짱해 보였다. 고장 난 우산은 옆에 내버리고 그것을 펼쳤다. 폭우가 쏟아져도 끄떡없을 만큼 튼튼해서 맘에 들었다.

그 우산을 쓴 채 운동장 옆길을 따라 내려가는데, 길 한가운데에 분홍색 우산 하나가 펼쳐진 상태로 놓여 있었다. 누가 우산을 버렸나 싶어 확인해보니, 우산을 쓴 여학생 하나가 웅크린 채 뭔가를 살펴보고 있었다. 소형이었다.

소형은 내가 나타난 줄도 모르는 것 같았다. 어쩌면 누군가 왔다는 걸 알면서도 매번 그랬던 것처럼 무시했던 걸지도 모른다. 나는 기척을 죽인 채 조금 더 다가갔다.

소형이 내리깐 눈으로 생각에 잠겨 바라보던 시선 끝에는 힘없이 늘어진 작은 새 한 마리가 있었다. 참새와 닮았지만 몸은 까맣고 배는 하얀 것이, 다른 종인 것 같았다. 봉긋하게 솟아오른 작은 가슴이 가쁘게 들썩이고 있었다. 다친 새? 사람에겐 관심도 없는데, 동물에겐 동정심을 갖는다고…?

내가 의아해하는 사이, 소형이 시선을 올려 나를 보았다. 나는 퍼뜩 놀란 기색을 보였지만, 곧장 소형의 옆에 쪼그려 앉으며 말을 건넸다.

"새구나? 다친 모양이네?"

소형의 눈빛이 아주 살짝, 어색하게 흔들렸다. 자신의 감정이 드러나는 상황을 부끄러워해서라고 판단했다. 혹여나 그것 때문에 자리를 피할까 싶어 황급히 말을 덧붙였다.

"아, 우리 착한 소형이가 다친 새를 보호해주고 있었구나? 그렇지?"

그러자 소형의 얼굴이 멀뚱하게 바뀌었다. 내 우산에서 튄 빗물이 눈가로 날아가자 눈살까지 짜증스럽게 찌푸렸다. 무표정으로 일관하던 소형이 처음으로 감정을 드러낸 모습을 보았다.

"동물병원에 데려가자! 선생님이 같이 가줄게!"

나는 쓰고 있던 우산 손잡이를 땅바닥에 내려놓고 두 손으로 조심스럽게 새를 감싸 들었다. 작은 새를 들기엔 한 손으로도 충분했다. 오른손으로 심장 가까이 안았다. 위급할 때 심장 박동 소리와 가슴의 온기가 생명 연장에 도움이 된다는 말을 어디선가 들은 적이 있었다. 왼손으로 우산을 들고 일어서며 말했다.

"어서 가자. 큰길 건너편에 동물병원 있지?"

쪼그려 앉아 나를 올려다보던 소형의 눈이 좌우로 길어지며 살짝 휘었다. 내게 어떤 감정이든 생겨났다는 명확한 신호이자, 반갑고 좋은 징조였다.

연모

내가 턱을 앞으로 내밀며 서두르자는 시늉을 했다. 소형은 고개를 느리게 한번 끄덕이더니 분홍색 우산을 들고 일어섰다.

동물병원 사람들은 반려동물이 아닌 야생의 새를 데려와 치료를 맡기는 나를 야릇한 시선으로 봤지만, 괜찮았다. 그때 소형의 특별한 눈도 나를 바라보고 있었으니까. 신기한 뭔가를 발견한 듯, 호기심을 한껏 담은 그 눈빛이 내게 고정되어 있었으니까.

새를 살릴 수 없을지도 모른다는 말을 들었지만, 선불로 치료비를 내고 병원을 나섰다.

"네가 생명 하나를 살렸어. 잘했어, 소형아."

머리를 쓰다듬으며 칭찬해줬지만, 소형은 다시 무표정한 얼굴로 돌아와 나를 올려다볼 뿐이었다. 너무 서둘러 친근한 척했나 싶어 머리에 올렸던 손을 떼곤 말했다.

"선생님이 내일 다시 들러서 경과 확인할게. 그럼, 잘 가!"

검은 장우산을 펼치며 큰길로 걸음을 내딛는데 몸이 어딘가에 걸리기라도 한 듯 앞으로 나아가지 않았다. 돌아보니 소형이 내 허리춤의 옷자락을 붙잡고 있었다. 어리둥절한 표정의 나에게 소형이 한쪽 입꼬리를 살짝 올리며 말했다.

"쌤, 저랑 우산 바꿔요."

"어?"

"밝은 선생님이랑 검정 우산, 정말 안 어울려요. 여기, 제 거랑 바꿔요."

부탁이나 권유가 아니었다. 단호한 말투로 명령하듯 소형이 분홍색 우산을 펼쳐 내밀었다.

"아, 어."

엉겁결에 그 우산을 받아들며 소형의 눈을 바라본 순간, 나를 직시한 그 눈빛에 놀라 몸이 돌처럼 굳었다. 지독하게 강렬한 열망. 소형의 눈동자가 품고 있는 것은 그 자체였다. 그 기운이 얼굴 전체로 퍼지며 빛이 발산되고 있었다. 찬란했다. 누군가의 얼굴이 눈부시다는 표현을 그대로 형상화한 것 같았다.

그 얼굴로 내게서 눈을 떼지 않은 채 소형이 나지막이 중얼거렸다.

"선생님은 신기하신 분이네요. 흥미로워요, 무척이나."

소형의 마음을 얻었다는 확신이 들었다. 하지만 내가 입가에 미소를 올리며 뭐라 대답하려던 순간, 갑자기 소형이 조금 전과는 사뭇 달라진 기운으로 매몰차게 몸을 돌려버렸다. 잠시 내 것이었던 검은 장우산을 쓰고 빠른 걸음으로 내 곁을 떠났다. 나는 점점 작아지는 소형의 뒷모습을 멍하니 서서 바라만 보았다.

그리고 다음 날, 소형은 학교에 자퇴서를 내고 내 인생에서 완전히 떠나갔다.

그 뒤로 소형의 소식을 전혀 듣지 못했다. 유학 갔다는 얘기도 있었지만 진위가 확인되지 않았다.

나는 소형이 사라진 학교에서 교생 실습을 끝내고 대학으로 돌아갔다. 임용고시를 본격적으로 준비하면서 차츰 잊게 되었지만, 가끔 조금이라도 비슷한 사람과 스칠 때면 소형을 바로 엊그제 본 것처럼 떠올렸다.

그러나 나는 결국 교사가 되지 못했다. 어머니를 좇아 교사가 되고 싶었기에 몇 차례 재도전했지만, 실력과 운이 모두 따라주지 않았다. 아쉬웠지만 포기하고 학교 선배가 소개해준 인터넷 언론사에서 인턴기자를 시작했다. 꿈꾸던 일은 아니었지만 일을 배우면서 나름의 재미를 찾게 되었고, 그 분야에서 성공하고 싶은 마음도 갖게 됐다.

어느 날, 퇴근 후 대학 동창 몇과 술자리를 갖던

중, 서정이 내게 술을 따라주며 신이 난 목소리로 말했다. 소형과 동물병원에서 헤어진 후 3년쯤 지났을 때였다.

"야, 야, 오민우, 너 기억나? 예전에 교생 실습 나갔을 때, 그 사이코패스 여학생!"

"장소형 말하는 거야?"

"어머, 이름까지 기억하고 있어? 하긴, 네가 예쁘네 어쩌네 좋알댔었지. 암튼, 걔 엄청 유명인사 된 거 알아?"

"어?"

"역시 몰랐지? 봐, 이거!"

서정이 휴대폰으로 인스타그램의 계정 하나를 보여줬다. 프로필 사진은 인물이 아니라 공구 같은 사물 사진이었는데, 팔로워가 10만이 넘는 계정으로 알파벳으로 된 아이디를 한글 발음으로 읽으면 '공대_언니'였다.

"얘가 확실히 머리는 좋았나 봐. 자퇴하고 해외 명문대학으로 유학을 갔다나? 거기서 공대 언니로 포지셔닝하고 어린 소녀들의 롤모델이 되셨단다! 외국물 먹더니 더 예뻐져서 남자들까지 너무 멋있다고 팔로잉 엄청하더라고. 나도 남동생이 하도 난리를 치는 바람에 알게 됐다니까?"

연모

게시물은 대부분 뭔가를 수리하거나 만들어낸 작업물 사진이었지만, 간혹 친구들과 함께 찍은 사진도 있었다. 여전히 빛나는 외모였지만 과거와 확연히 다른 분위기를 풍겼다. 덜컹. 심장이 다시 움직였다. 입가에 미소가 떠올랐다.

"하이고, 그렇게 좋냐? 좋아?"

서정이 놀리듯 말하며 술잔을 부딪쳤다. 나는 부정하지 않고 배시시 웃어 보였다.

마침 당시 소셜미디어의 인플루언서에 대한 기획 기사를 준비하던 상황이라, 소형은 인터뷰 대상으로도 최적이었다. 직장에서 인정도 받고, 소형과 다시 인연을 이어갈 기회라고 판단했다.

그날 밤, 소형의 계정을 팔로우하고 메시지를 전송했다. 소형이 메시지를 읽고 답장 보내는 것을 실시간으로 확인하기 위해 시차까지 계산해 그곳의 이른 아침 시간에 맞춰 메시지를 보냈다. 아니나 다를까, 메시지를 전송하고 몇 초 후에 소형이 메시지를 확인했다는 표시가 보였다. 상대가 메시지를 입력 중인 걸 의미하는 말풍선도 화면에 떠올랐다.

너도 나를 기억하고 있었구나. 하긴, 소형 본인도 나를 '흥미롭다'라고 표현하지 않았던가. 그렇게 생각한

찰나, 갑자기 말풍선이 사라졌다. 그런데도 답 메시지는 나타나지 않았다.

시차 때문인가, 인터넷 연결 문제인가. 혼란에 빠져 한참을 기다렸지만, 답장은 끝내 오지 않았다. 어지러운 머릿속은 소형의 반응에 관한 의문으로 가득 찼고, 나는 결국 휴대폰의 검은 화면을 바라보다 잠들고 말았다.

다음 날 아침, 어제 상황의 진실을 확인하곤 더욱 망연자실했다. 소형은 답을 보내지 않았을뿐더러, 내 계정마저 차단했다.

연모

3

"나 그때 은근 상처받았어. 차라리 인터뷰를 정식으로 거절했다면 마음이 덜 상했을 거 같은데, 왜 가타부타 말도 없이 차단한 거야?"

많은 이들이 그런 상황에서 보일 만한 겸연쩍은 태도와 말투로 조심스럽게 묻는다. 소형이 스타트업을 성공적으로 창업할 수 있었던 발판이 된 인플루언서 활동에 관해 얘기하면서 자연스레 이야기가 그때의 일로 흘러간 덕분이다.

소형은 야릇한 미소만 입가에 띤 채 잠시 생각에 잠긴다. 나는 말없이 침만 꿀꺽 삼키곤 기다린다. 소형이 다시 나를 마주 보며 입을 열지만, 기다리고 있던 답은 아니다.

"근데 저도 기자님 근황 궁금했어요. 듣기론 2년 전쯤에 개인적으로 힘든 일이 있으셨다죠? 그 얘기, 지금 해주실 수 있어요?"

2년 전이라면, 하마터면 내가 생을 포기할 뻔했던 그 일이었다. 성공해보겠다는 욕심 때문에 밑바닥까지 무너졌던 데다, 대비하지 못한 상황에서 어머니까지 돌아가실 뻔했던.

내가 쓴 주식 관련 기사가 문제가 되었다. 엠바고가 걸린 보도자료를 기사화한 것으로, 바이오사업과 관련된 중소기업이 신제품을 발표하기 직전, 소수의 기자에게만 전달된 내용이었다. 해당 제품이 정말로 효과를 보인다면 인류의 삶에 획기적인 변화를 일으킬 만한 기술이었다. 하지만 그런 만큼 사실 확인이 반드시 필요한 정보였다.

딴에는 알음알음으로 관련 연구 분야의 학자를 섭외해 진위에 대한 판단을 의뢰했다. 그렇지만 워낙 급한 의뢰였던 데다, 기업에서 제공한 자료만으로는 엠바고 기한에 맞춰 결론을 내기 어렵다는 답변들만 돌아왔다.

조급해진 나는 자료를 찾아가며 직접 검토했고 실현 가능하다는 결론을 내리기에 이르렀다. 지금 생각해보면, 관련 분야의 전문기자로서 3년을 막 채우면서 어쭙잖은 지식을 과신할 수준에 이르렀던 게 문제였다. 그 오만함에 더해, 세상을 바꿀 기술을 가장 먼저 대중에게 알리고 싶다는 욕심에 나는 결국 엠바고를 어기고 기사를 올렸다.

자정에 온라인 지면에 게재한 기사로 인해 다음 날 주식 시장에서 관련주들이 요동쳤다. 뒤늦게 타사에서도 기사를 올렸지만, 가장 많이 읽히고 인용된 것은 내

연모

가 쓴 기사였다. 회사 창립 이래 일일 트래픽이 가장 많이 유입된 기사로 기록됐다. 편집장은 나를 치하하며 그날 저녁 고급 식당에서 소고기를 샀고, 동료들은 부러운 눈길로 나를 우러러봤다. 내 평생 술을 가장 많이 마신 날이었다.

그런데 얼마 후, 경찰이 나를 찾아와 물었다.

"허위사실이라는 것을 정말 몰랐습니까?"

해당 기업이 배포했던 보도자료는 전문가의 손에 의해 90퍼센트의 진실과 10퍼센트의 거짓으로 교묘하게 꾸며진 자료였다. 기업을 인수했던 사기꾼들이 장난을 친 것인데, 내 기사로 인해 주식 가격이 급등하자, 그들은 수십 배의 수익을 챙기고 잠적했다. 발표된 자료가 거짓이라는 게 밝혀지면서 주가가 바닥까지 폭락했고, 큰 손해를 본 개미투자자들은 나를 고소했다.

눈코 뜰 새 없이 경찰서로 불려 다녔다. 그것 자체는 솔직히 그다지 힘든 일은 아니었지만, 주식투자로 손해를 본 사람들이 앙심을 품고 나를 위협하는 게 문제였다. 집 근처에서 기다리고 있다가 퇴근하는 내게 해코지하거나, 술을 마시고 회사로 찾아와 난동을 부리기도 했다. 결국 나는 장기휴가를 내고 집에 들어앉을 수밖에 없었다.

하지만 집요하게 내 뒤를 쫓던 이들은 내가 몰래 외출할 때도 귀신같이 알고 따라붙었다. 직접적인 공격을 가하면 범죄가 될 수 있으니, 뒤를 쫓기만 하면서 내가 일상생활을 할 수 없도록 괴롭히려는 속셈이었다. 그들과 마주치지 않으려면 어쩔 수 없이 계속 집에만 머물러야 했다.

외부와 연락을 두절한 채 방구석에 틀어박혀 할 거라곤 술을 마시는 것과 컴퓨터 게임밖에 없었다. 그저 시간을 때우려 시작했던 그것에 시나브로 빠져들었다. 휴대폰의 배터리가 방전되어도 알아채지 못하고 며칠을 지낼 정도로 정신을 놓았다.

그렇게 지내던 어느 날, 눈을 떠보니 내가 부엌 한가운데에 식칼을 든 채 서 있었다. 칼날이 반대편 손목에 닿아 있었다. 정신이 번쩍 들면서 어머니 얼굴이 떠올랐다. 그 길로 곧장 씻지도 않고 택시를 타고 가장 가까운 신경정신과 병원으로 향했다. 강도 높은 상담과 치료를 받은 후, 곁에 누군가 있는 게 좋을 거라는 의사의 권고에 부모님 댁으로 들어갔다.

그런데 내 상태가 겨우 정상에 가까워질 즈음, 어머니가 쓰러지셨다. 다행히 곧바로 구급차가 왔지만 코로나가 한창 극성인 시기라 병상을 찾을 수 없었다. 어머니를 신고 서울 시내 병원 곳곳으로 달렸지만 받아주는 곳이 없었다. 그 시기의 나는 아직 어머니를 잃을 준비가 되지 않았었다. 그런 상태에서 갑자기 어머니를 잃게 될지도 모른다는 생각에 머리가 터질 것만 같았다.

그때 어쩌다 서정과 통화를 하게 되었는지 모르겠다. 상황을 들은 서정이 강남의 개인 병원에서 빈 병상을 찾아냈다. 서정에게 그런 인맥이 있다는 게 신기할 따름이었지만, 덕분에 어머니는 늦지 않게 치료를 받고 고비를 넘겼다.

면회를 온 서정에게 감사 인사를 전하며 물었다.

"정말 고마워, 서정아. 그런데 여긴 어떻게 아는 병원이야?"

"아, 그게… 여기 원장님이 아는 학생의 아버님이셔."

나도 원래 계획대로 교사가 되었다면 그런 제자를 둘 수 있었을까. 놓친 삶에 대한 미련으로 내가 멍한 표정을 지었던 모양이다. 서정이 나를 위로하려는 듯 어색하게 웃었다. 고마움을 표하려 나도 마주 보며 미소를 지었다.

"서정이한테 그런 제자가 있다는 게, 무척이나 부럽더라."

그렇게 얘기를 마치자, 소형이 담담한 말투로 묻는다.

"그 병원, 어딘지 기억하세요?"

"당연하지, 나한텐 은인이니까. 신사역 근처에 있는 동진병원이야. 병원장 성함도 기억해, 장동진 원장…."

신이 난 말투로 대답하다가 멈칫한다. 설마, 하는 표정으로 소형의 성과 이름을 떼어서 부른다.

"장… 소형?"

재미있어하는 게 역력한 눈빛으로 소형이 내게 다시 묻는다.

"이젠 부럽지 않으시죠?"

"정말이야? 네가 장 원장님 딸이었어?"

목소리를 높여 소형에게 확인한다. 소형은 어깨를 으쓱하며 편안한 말투로 대꾸한다.

"정말이지 허술하세요. 기자 생활은 어떻게 하신 거예요? 아버질 은인이라고 하시면서 실제론 관심도 안 주신 거 아니에요? 혹시나 눈치라도 채실까, 저는 관련자들 입단속 시키면서 얼마나 조심했는데. 그런 노력이 참으로 부질없었네요?"

나는 입을 꾹 다문 채 눈을 동그랗게 뜨고 소형과 시선을 맞춘다. 난감한 상황이 닥치면 곧잘 이런 표정

연모

을 짓는데, 그러면 상대는 대부분 어쩔 수 없다는 듯 넘어간다.

소형도 역시 하릴없이 덧붙인다.

"하긴, 그러니까 그런 여자한테도 넘어가셨던 거죠?"

소형이 생수병 뚜껑을 열며 곁눈질로 내 반응을 확인한다. 원래 궁금한 질문은 이쪽이었던 의미다.

'그런 여자'라는 건 은지다. 역시 소형은 지난 9년 동안의 나에 관해 모든 걸 알고 있다.

4

작년이었다. 은지에게 홀린 듯 결혼을 준비하던 때가.

지금 생각하면 꿈이었나 싶을 정도로 현실감이 없지만, 그때의 나는 분명히 그런 일을 벌이고 있었다.

은지는 어머니의 장례식장에서 처음 만났다. 그렇다. 2년 전 어머니는 큰 고비를 넘기고 괜찮아지시는가 싶더니, 다음해에 결국 내 곁을 떠나셨다. 그래도 시간을 조금 벌었던 터라, 어머니는 마지막 순간까지 내게 많은 걸 가르쳐주고 가셨다. 나를 세상에 나오게 한 존재임과 동시에, 나를 완성한 스승이셨다.

은지는 어머니가 쓰러지시기 전까지 취미 삼아 다니던 동네 필라테스 학원의 강사라고 했다. 어머니와 학원을 함께 다닌 동네 이모님들과 장례식 첫날 조문을 왔다. 그런데 다음 날도 와서 자리를 지키더니 발인까지 참석했다. 가족이 아니라 나와 가까이 서진 않았지만, 행렬의 뒤에서 조용히 따르는 모습을 눈여겨본 친구들이 나중에 내게 전해줬다.

'어머님이 운동하러 다니실 때 저한테 무척 잘해주셨거든요. 저는 어릴 때 엄마가 돌아가셔서 그게 너무 감사했어요. 민우 씨, 혹시 괜찮으시면… 어머님이 그리

우실 때 같이 추억 나눌 수 있으면 좋겠어요. 연락주세요.'

내 번호를 어떻게 알았는지, 장례를 치르고 얼마 후 저런 메시지를 보내왔다. 그렇게 은지를 만나면서 자연스럽게 사귀게 되었다. 처음 은지가 내 삶에 들어왔을 땐, 어머니가 돌아가시면서 자신의 빈자리를 채워주시려 했던 게 아닐까, 하는 생각까지 했을 정도로 의지가 됐다.

아버지는 은지를 특히나 맘에 들어 하셨다. 나무랄데 없이 사근사근하고 애교 있는 성격에, 직업에 충실하기 위한 노력도 게을리하지 않아 몸매와 외모 또한 평균 이상이었다. 내 짝으로 그 정도면 차고 넘친다고 판단하셨다.

어머니가 살아 계셨을 때 직접 소개해주지 않은 게 조금 의문이었지만, 어쩌면 그땐 내가 가정을 꾸리기엔 이르다고 여기셨을지 모른다고 생각했다. 그러나 어머니의 뜻과 상관없이 상황이 바뀌어버렸으니, 하루라도 빨리 결혼해 하늘에 계신 어머니에게 안정된 모습을 보여드리고 싶었다.

연애 기간이 3개월 정도밖에 되지 않아서 거절하면 어쩌나 고민했지만, 은지는 망설이는 기색 하나 없이 기다렸다는 듯 청혼을 승낙했다. 기쁨으로 가득한 미소를 환하게 지어 보였다.

　은지 아버님께 인사드리러 간 날, 아버님은 그저 잘 살라고 말씀하시곤 술을 꽤 많이 드셨다. 불콰하게 취한 후엔 딸을 선택해줘서 고맙다는 말만 연신 되풀이했다. 그렇게 일사천리로 결혼 준비를 했다. 청혼하고 100일째 되는 날로 결혼식을 잡고 싶었지만 예식장 예약이 쉽지 않았다. 코로나가 진정되는 시기로 접어들자, 연기되었던 결혼식들이 한꺼번에 몰리면서 인기 있는 식장은 1년 넘게 예약이 밀려 있었다.

　"오빠, 난 스몰웨딩도 괜찮아. 결혼식이 뭐 별건가. 정말 축하해줄 사람 몇만 초청해서 우리끼리 약속만 해도 되는 거지."

　"그래도 여자들은 꿈꾸던 결혼식이 있다던데."

　"난 딱히 없는데? 솔직히 동사무소에서 혼인신고만 해도 돼! 정말이야!"

　하지만 어머니가 돌아가시기 직전 내게 당부하신 말이 있었다. 가장 보통의 삶을 살라는 것. 정규분포 그래프의 중심에서 벗어나지 않는 게 평온하고 안정적인 삶이라며, 앞으로도 반드시 그렇게 살기를 바라셨다. 성공하겠다는 욕심을 부리다 사고를 치고 자살의 위기까지 갔던 일 이후엔 더욱 자주 강조하셨다.

그래서 스몰웨딩까진 아니지만 경기도 외곽에 야외 결혼식을 할 수 있는 곳을 찾아냈다. 우리가 원하던 날로 날짜를 확정하고 청첩장과 다른 준비도 시작했다.

그렇게 한창 결혼을 준비하던 차에, 대학 친구들과의 연간 모임 일정을 단톡방에서 논의하게 됐다. 일정 조정을 위해 어쩔 수 없이 결혼 소식을 흘리게 됐다. 친구들 대부분이 연애 사실조차 모르고 있던 터라 폭발적인 반응이 나왔고 미리 축하한다는 개인톡도 쉴 새 없이 쏟아져 들어왔다. 알림음이 연달아 울려대는 도중, 전화까지 걸려왔다. 서정이었다.

동기 중에서도 유독 친하게 지낸 친구이니, 축하해 주기 위해 일부러 전화까지 했을 거라 여기며 통화 버튼을 눌렀다. 그런데 대뜸 날카로운 말투가 귀에 꽂혔다.

"너, 그 여자에 대해 얼마나 잘 알아?"

일반적인 사람이라면 기분이 크게 상할 만큼 부적절한 말이었다. 나는 곧장 격앙된 말투로 반문했다.

"그게 무슨 뜻이야? 결혼할 상대인데, 당연히 잘 알지!"

서정이 잠시 침묵했다. 그런데 전화기 너머에서 키보드 두드리는 소리가 들렸다. 다른 일을 하던 중 나한테 전화를 건 모양이었다. 그렇다면 통화에 집중하고 있지 않다는 의미가 아닌가. 나는 목소리를 한 단계 더 끌어올렸다.

"야, 김서정! 진짜 관심 있는 거 아니면 끊어!"

"미안, 난 그저, 걱정이 되어서 그래."

서정이 목소리를 부드럽게 바꿔 사과했지만, 한번 시작된 분노는 쉽사리 가라앉지 않는다. 나는 목소리에 언짢은 기색을 가득 담아 외쳤다.

"결혼한다는데 걱정을 왜 해? 내가 너한텐 그렇게 허술한 인간이야?"

"민우야, 너 지금 집이지? 내가 잠깐 갈게. 우리 얼굴 보고 이야기하자."

"그럴 필요 없…."

"나 출발한다, 끊어!"

서정은 평소답지 않게 급히 말하곤 전화까지 끊어 버렸다.

서정의 집에서 우리 집까지는 대중교통으로 30분쯤 걸렸다. 서울인 점을 감안하면 멀지 않은 거리였지만, 저녁 8시가 넘은 시각에 여자 혼자 이곳까지 오게 하는 건 마땅찮은 일이었다. 게다가 우리 집은 인적이 드문 골목길을 5분쯤 걸어 올라와야 했다. 결국 나는 서정이 도착할 시간에 맞춰 마중 나가기로 맘먹었다.

근처 카페에서 이야기를 나누면 되니까.

옷을 갈아입고 집을 나와서 천천히 걸어 내려가는데, 서정의 목소리가 녹음된 것처럼 머릿속에서 재생됐다.

'너, 그 여자에 대해 얼마나 잘 알아?'

'미안, 난 그저, 걱정이 되어서 그래.'

'내가 잠깐 갈게. 우리 얼굴 보고 이야기하자.'

'나 출발한다, 끊어!'

확실히 평소와 너무 달랐다. 언제나 장난스럽고 느긋했던 서정이 진지하면서도 급하게 행동했다. 그 징후들을 조합하니 하나의 결론이 머릿속에서 떠올랐다.

혹시 나를 좋아하고 있었나?!

대학에서 처음 만나 자연스럽게 친해졌다. 일부러 그런 건 아니었지만 수업이 겹치는 경우가 많았고, 그러다 보니 과제도 자주 함께했다. 교생 실습까지 같은 학교로 갔던 인연이니, 다른 친구들보다 얼굴 볼 기회 또한 훨씬 많았다. 그리고 내게 중요한 순간, 도움이 필요한 순간에 항상 서정이 있었다.

나는 평소 주변인들의 감정을 잘 읽어내지 못해서 별도의 노력을 기울여야 했다. 그러니 가장 가까운 사이인 서정이 내게 좋은 감정을 가졌었더라도 오히려 눈치채지 못했을 가능성이 높았다. 이런, 진즉 알아챘어야 하는데. 바보같이! 속으로 한탄하며 자리에 멈춰 섰다. 나는 곧 몹시 난감한 상황을 마주할 게 분명했다.

저 멀리 택시에서 내리는 서정이 보였다. 보통 버스를 이용하는 서정이 택시를 타고 왔다는 건, 곧 우려했던 상황이 일어날 거라는 의미였다. 그런데 뒤이어 다른 의문 하나가 머리를 스쳤다. 택시를 탔는데 지금에야 도착했다고? 전화를 끊고 바로 탔다면 적어도 10분 전에는 도착했어야 한다. 집에서 나오는 게 늦어졌던 걸까, 아니면…?

서정은 곧장 내가 있는 쪽으로 빠르게 걸어왔다. 한 손엔 평소에 들고 다니는 핸드백을, 다른 한 손엔 서류 봉투를 든 채였다. 마음을 고백하러 오면서 서류 봉투를 챙겼다고…?

나는 눈을 가늘게 뜬 채 가만히 서정을 바라보며 서 있었다. 서정은 나를 발견하곤 예상 못한 상황에 걸음을 주춤거렸지만 곧바로 뛰어와 말했다.

"왜 나왔어? 내가 너희 집으로 간댔잖아."

"그거 뭐야?"

대답하지 않고 턱으로 봉투를 가리키며 물었다.

"어, 그게, 집에 들어가서 얘기하자."

"아니, 그냥 저기 카페로 가."

"…어, 그래."

늦은 시간이라 카페에 다른 손님은 없었다. 마시고 갈 거라는 말에 카페 사장은 9시에 마감이라고 알려주었지만, 30분 남짓이면 충분하다 싶어 음료를 주문한 후 구석진 자리로 향했다.

당찼던 서정은 막상 나와 마주 앉자 눈치를 살피며 입을 떼지 못했다. 결국 내가 먼저 물었다. 이런 문제는 시간을 끌어서 좋을 게 없다고 어머니가 가르쳐주셨으니까.

"서정아, 혹시 너 나 좋아했어?"

"어? 뭐?"

서정이 어깨까지 움찔하며 되물었다. 나는 곧장 변명하듯 덧붙였다.

"내 행동이 혹시 너를 오해하게 했다면 사과할게. 그럴 의도는 아니었어."

"오민우?"

"난 이미 은지랑 결혼하기로 약속했어. 네 마음을 미리 알아채지 못했던 건 미안하지만…."

"야, 정신 차려! 누가 너 좋아한댔어? 이 바보 같은 자식아, 이거나 보라고!"

서정이 서류 봉투를 열어 뒤집자, 무언가가 아래로

쏟아졌다. 인화된 사진들이었다. 은지의, 아니, 은지와 어떤 남자의 사진이 테이블 위로 겹겹이 쌓였다.

"뭐…야, 이게?"

그렇게 알게 되었다. 은지가 나 외에 다른 남자를 동시에 만나고 있었다는 사실을.

2차원의 사진으로도 나오는 너무도 다른 사람이라는 게 드러났다. 여자들이 보통 이야기하는 나쁜 남자의 전형적인 모습이었다. 징이 박힌 검은 가죽 재킷에 왁스로 넘긴 머리를 하고 호탕하면서도 섹시한 웃음을 지으며 은지의 어깨에 팔을 두르고 있었다. 남자의 페로몬이 사진 밖으로 뿜어져 나오기라도 할 것 같았다.

"나이트에서 만난 남자인 것 같아. 아마 너랑 사귀기 시작한 후 몇 주 안 되어서…."

"넌, 너는 어떻게 알았어? 그리고 이런 걸 알고서도, 왜…, 왜 이제까지 아무런 말도 안 한 거야?"

"아, 나, 나도 알게 된 지 얼마 안 됐어. …어떻게 된 거냐면, 어, 그래, 우연히 길을 가다가 둘이 함께 있는 걸 봤어, 그, 그래서…."

"그래서 나한테 먼저 확인도 안 해보고 심부름센터라도 고용해서 뒤를 밟은 거야? 이런 증거를 수집해 내밀려고?"

서정이 택시를 타고도 늦은 건, 중간에 이걸 받아
오느라 그랬던 게 분명했다.

내 질책에 서정은 대답을 하지 못했다. 어쩔 줄 몰
라 하는 표정으로 입을 꾹 닫고 있을 뿐이었다.

나는 테이블 위의 사진들을 빠르게 봉투에 담았다.
은지와 놈이 시시덕거리는 사진을 모두 쓸어 넣었다. 안
절부절못하는 서정을 뒤로하고 카페를 나왔다.

길에서 택시를 잡아타고 은지네 집으로 향했다. 이
미 밤 10시에 가까운 시간이었지만 은지는 집에 없었
다. 아버님은 당황해서 은지에게 계속 연락을 시도했지
만 연결되지 않았다. 나는 일부러 전화를 걸지 않았다.
뭐라도 낌새를 눈치채면 은지가 다른 행동을 취할 수도
있을 테니까, 변명거리를 만들어낼 테니까.

아버님에게는 돌아간다고 거짓말을 하곤 근처에서
몸을 숨기고 밤새 기다렸다. 새벽 3시가 가까워져서야
술에 취해 비틀거리며 놈의 부축을 받고 걸어오는 은지
의 모습이 보였다. 나는 그들에게 다가가 앞을 막아섰
다. 은지는 처음엔 나를 알아보지 못한 채 비키라며 주
정을 해댔다. 처음 보는 은지의 모습이었다. 웃을 때도
언제나 단정하게 손으로 입을 가렸고 말도 속삭이듯 하
는 사람이었는데, 내가 그동안 봤던 은지의 모습은 모

조리 연기였고 기만이었다.

그 순간 은지와 함께 꿈꾸던 미래를 머릿속에서 깔끔하게 지워버렸다. 아니, 내 의지로 그랬다기보다는 자동으로 지워졌다는 게 더 맞는 표현이다. 그들 앞에서 서류 봉투에 든 사진들을 모두 바닥에 쏟아낸 후 자리를 떠났다.

다음 날부터 은지가 계속 연락해왔지만 나는 전화를 받을 생각은 물론, 100통이 넘는 메시지에도 회신할 필요를 느끼지 못했다. 다행히 결혼 준비는 식장을 제외하고는 예약이 완료된 게 없었다. 서둘러 준비하던 이벤트는 취소도 속전속결로 끝이 났다.

서정은 일을 맡겼던 심부름센터에서 추가로 받은 정보를 통해 은지가 처음부터 돈을 노리고 내게 접근했다는 사실도 알려주었다. 은지는 필라테스 학원을 확장하기 위해 대출을 무리하게 받았는데, 코로나로 인해 학원 운영이 어려워졌고 아버님도 회사에서 정리해고되면서 생계비 부담까지 떠안게 되었다. 그러다 우연히 어머니의 사망보험금이 막대하다는 소문을 회원 아주머니들에게 들었던 모양이다. 하지만 안타깝게도 나는 은지가 좋아하는 나쁜 남자 타입이 아니었고, 은지는 돈도, 자신의 취향도 포기할 수 없었던 거다.

연모

모든 사실을 알게 되었을 때, 나는 오히려 웃음이 나왔다. 어머니의 사망보험금이 많다는 것은 헛소문이었으니까. 병원비와 장례 비용을 정산하고 나니, 보험금은 몇백 정도만 남았을 뿐이었다.

5

"나중에 은지가 보험금 액수를 알았다면, 결혼이 깨진 걸 다행이라고 생각했겠지?"

나는 자조 섞인 미소를 지으며 부끄러울 게 분명한 결혼 실패담을 마무리한다. 소형이 그런 나를 조용히 응시하다 묻는다.

"그렇게 결혼이 깨져서, 많이 힘드셨어요?"

"아니."

"정말요? 기자님이 여자분을 많이 좋아했다고 들었는데?"

지금까지 나눈 대화를 곱씹어보면, 내 인생에서 일어난 굵직한 사건들을 소형이 모두, 그것도 꽤 자세히 알고 있는 건 아무래도 이상한 상황이다. 그러니 자연스럽게 되묻는다.

"누가 그랬는데?"

소형의 눈빛이 갑자기 장난스럽게 반짝인다. 하지만 자세를 고쳐 앉으며 차분하게 말한다.

"당연히 궁금한 게 많으실 테지만, 인터뷰를 먼저 끝내시는 게 어떨까요? 오랜만의 친목 도모도 좋지만, 오늘 기자님을 모신 다른 목적도 있으니까요. 엔진의 홍보 기사, 이번에 정말 잘 나와야 하거든요."

"아, 그래. 내가 프로답지 못했네. 그러면… 인터뷰 질문지 보낸 거 미리 확인했지? 그 순서대로 진행해도 될까? 녹음, 해도 돼?"

"물론이죠."

인터뷰를 시작하면 평범한 인터뷰이들은 바짝 긴장하지만, 소형은 오히려 더 편안해 보인다. 인공위성이 지구의 중력을 거슬러 흔들리는 비행을 끝낸 후 마침내 안정된 궤도에 들어선 것처럼, 장애물을 모두 통과하고 목적지에 다다른 평온한 모습이다.

"고등학교 시절의 장 대표님과 대학교 이후의 대표님은 상당히 다른 사람 같은데요, 바뀌게 된 특별한 계기가 있었을까요?"

회사의 비전과 경영 철학, 사업 전망 등에 관해 인터뷰를 끝내고 개인적인 이야기로 넘어가는 첫 번째 질문이다.

조금 전까지 등을 소파에 기댄 채, 이제는 너무 자주 되풀이해서 외워버린 듯 대답하던 소형이 허리를 반듯하게 세운다. 나와 눈을 맞추자 피부가 생기를 띠며 도자기처럼 말간 빛을 뿜어낸다. 그 빛을 눈에까지 머금

온 소형이 갑자기 묻는다.

"오 기자님은 제가 고등학생일 때, 왜 제게 관심을 가졌어요?"

"어, 어?"

녹음 중이라 존칭을 유지해야 하건만, 나도 모르게 당황한다. 내 대답을 기다리지 않고 소형이 말을 잇는다.

"그 시기의 저는, 모든 선생님이 포기한 아이였어요. 성적은 떨어질 대로 떨어졌고 수업시간에 집중도 안하고 어떤 일에도 관심이 없었잖아요. 친구도 없었죠. 그나마 큰 사고는 치지 않으니 그냥 내버려두기로 암묵적인 합의를 한 학생. 엮이지만 않으면 귀찮은 일도 생기지 않을, 공기 같았던 애."

"하지만 교사들은, 한 명의 아이도 뒤처지지 않게…."

"그런 식상한 대답을 기대했던 거 아닌데?"

어설프게 대답을 지어내려는 걸 알아챈 듯, 소형이 말을 자르며 단번에 질타한다. 그래서 나는 조금 더 진실에 가까운 대답을 한다.

"…눈길이 갔어. 정확한 이유는 알 수 없었지만, 그대로 두면 안 될 것 같았어."

"거짓말."

소형이 다시 단정적으로 내뱉는다. 자신은 이미 모든 걸 알고 있다고 확신한 얼굴로 덧붙인다.

"제 OMR 답안지에서, 읽으셨던 거죠?"

나는 마치 큰 잘못이라도 저지른 사람처럼 놀란 표정을 짓는다. 입을 일자로 다물고 침을 꿀꺽 삼킨다. 그게 신호라도 된 것처럼, 소형이 손을 뻗어 내 휴대폰 녹음 앱의 일시정지 버튼을 누른다.

나는 크게 뜬 눈으로 소형을 바라보고, 소형은 다시 말을 잇는다.

"나중에 조사하다 알게 됐어요. 고등학교 때 아마추어 무선동호회 활동을 하셨더군요? 회장까지 맡을 정도로 열심이셨고요. 그래서 가능하셨던 거죠? 제가 모스 부호로 남긴 메시지를 읽어내는 게."

나는 잠시 뜸을 들이다 자포자기한 듯 말없이 고개를 끄덕인다.

소형이 제출한 중간고사 OMR 카드에는 답안 기입으로는 볼 수 없는 점과 선들의 반복적인 패턴이 그려져 있었다. 처음엔 뭔가 싶었지만, 답안지에 인쇄된 문항과 보기를 무시하고 소형의 패턴이 백지에 그려져 있다고 가정해서 보니, 그게 모스 부호라는 걸 바로 알 수 있었다. 내가 동호회 회원들과 가장 즐겨 했던 게임이 눈으로 모스 부호를 해석해내는 거였으니, 그 메시지를 읽어내는 것은 그다지 어려운 일이 아니었다.

[재미없어. 재미없어. 재미없어. …]

[죽고 싶어. 죽고 싶어. 죽고 싶어. …]

소형이 정말로 궁금하다는 표정으로 묻는다.

"내가 불쌍했나요? 동정이었어요?"

나는 다급하게 반박한다.

"아니, 아니야. 그런 감정과는 조금… 달랐어. 너에게 재미있는 세상을 보여주고 싶은 마음이랄까? 적어도 내 세상은 즐겁고 행복했고, 모두가 그런 세상을 살아갈 자격이 있다고 생각했어. 네가 그걸 모른다는 게 안타깝고 아쉬웠고, 그래서… 그랬던 것 같아."

진실은 어쩌면 그다지 중요하지 않을 것이다. 내가 소형에게 관심을 가졌고 소형도 나에게 반응했다는 사실이 중요하다. 그래서 결국 지금에 이르게 된 거니까.

"너에 관한 소문이 있었던 거 알고 있지? 아이들은 물론 선생님들까지 너를… 사이코패스라고 생각했어. 감정을 느끼지 못하기 때문에 좋은 것도, 싫은 것도 없다고. 그래서 세상을 더 무료하고 재미없게 생각한다고.

하지만 난 널 다르게 봤어. 달랐거든, 넌."

사이코패스라는 단어를 언급했는데도 소형의 표정은 변화가 없다. 스스로가 이미 정확하게 자신을 파악하고 있는지도 모른다.

나는 침을 모아 삼킨 후 차분해진 말투로 다시 말을 잇는다.

"소형이, 너, 동물은 좋아했잖아. 사람은 뭔가 이유가 있어서 싫어하게 되었을 수도 있지만, 동물은 아꼈잖아. 그런 애가 감정이 없다니, 나는 말이 안 된다고 생각했어."

순간 소형이 인형처럼 무표정한 얼굴로 눈만 껌뻑거린다. 혹시 그 일을 잊어버렸나 싶어 나는 서운한 목소리로 설명한다.

"기억 안 나? 비가 많이 오는 날이었는데, 네가 다친 새가 비를 맞지 않도록 돌보고 있었잖아. 나랑 마지막으로 얼굴 봤던 날이야. 그날 이후, 네가 갑자기 학교를 떠나버렸으니까."

상세한 내 설명에 소형이 어이없다는 듯 피식 웃으며 대답한다.

"기억이 안 날 리가요. 그날 일 때문에 내가 지금껏 열심히 산 건데."

잠시 말을 멈췄다가 잇는다.

"다만, 기자님이 오해하는 게 있네요."

"오해…? 뭘를?"

"저, 그 새를 돌보고 있던 게 아니었어요. 죽이려고 한 거지."

"…뭐?"

나는 방금 들은 말을 정확하게 이해하지 못한 것처럼, 떨리는 목소리로 한 박자 늦게 되묻는다. 소형은 내 반응을 예상했다는 표정으로 설명을 덧붙인다.

"그 새, 길고양이에게 공격받고 다친 거였어요. 제가 다가가니까 고양이가 도망가는 걸 봤거든요. 전 그저… 생명이 죽어갈 때 어떤 모습인지 궁금해서 관찰한 거예요. 그렇게 보다가 생각했어요. 어차피 죽을 운명인데, 차라리 빨리 죽여주는 게 낫지 않나."

나는 아래턱을 떨어뜨린 채 멍한 표정으로 소형을 보고만 있다. 다른 사람들도 이런 상황에선 어떤 반응도 보일 수 없을 것이다.

"그러면 어떻게 죽일 수 있을까, 어떻게 죽이는 게 가장 깔끔할까 고민하고 있을 때, 당신이 나타났어요. 그러곤 언제나 지겹다고 생각했던 천진난만한 얼굴로 나한테 말하더라고요, '우리 착한 소형이가 다친 새를 보호해주고 있었구나'라고."

소형은 당시의 내 말을 토씨 하나 틀리지 않고 완벽하게 흉내 내며 입꼬리를 올린다. 눈에는 보통 사람들은 이해할 수도 없을 활기까지 번뜩인다.

"처음엔 매번 날 귀찮게 하는 사람이 또 나타났구나, 번거롭다, 귀찮다, 이런 마음이었어요. 그런데 옆에 쪼그리고 앉아서 제가 정말로 동물을 돌봤다고 믿으며 칭찬까지 늘어놓는 모습이⋯ 재밌었어요. 동물병원에 데려가자며 새를 품에 넣고 앞장서던 모습도 신기했고요."

소형의 말을 따라 그때의 감각이 나를 다시 스친다. 축축한 공기, 후드득, 우산에 부딪힌 빗방울 소리, 가슴에 안은 새의 온기, 나를 말없이 따르던 소형의 기척.

"동물병원에서조차 난감해하는 새를 입원시키고 나와선 제게 말했죠. '네가 생명 하나를 살렸어. 잘했어, 소형아.'"

"그랬지⋯."

"그 말을 하는 당신 얼굴에서 빛이 났어요, 아주 환한 빛이. 지독하게 따뜻하기까지 한."

소형이 자리에서 일어서더니 테이블을 지나 내 쪽으로 천천히 걸음을 옮긴다. 나는 당황스러운 듯 어쩔 줄 몰라 하며 소형이 가까워지는 것을 기다리고만 있다.

옆으로 다가온 소형은 소파 팔걸이에 걸터앉으며 내 얼굴을 향해 손을 뻗는다. 내 볼을 부드럽게 감싸며 말한다.

"그때 결심했어요. 이 사람을 가져야겠다고."

내 눈이 동그랗게 커진다. 소형은 나를 깊숙이 들여다보는 것처럼 고개를 숙여 시선을 맞추고 얘기한다.

"알아요, 그런 식으로 말하면 안 되죠. 사람은 물건이 아니니까. 하지만 전 민우 씨를 평생 곁에 두고 싶어하는 제 마음을 정확하게 깨달았어요. 그래서 학교를 그만뒀던 거예요. 내가 준비되지 않은 상태에서 당신과 마주 서는 건 불가능하니까, 일단 사제관계를 벗어나는 게 먼저였어요. 스승과 제자가 아니라, 남자와 여자로 만나야 했으니까."

소형이 내 컵에 탄산수를 따라 건네주며 말한다.

"오민우 씨, 많이 놀랐나 봐요. 물 좀 드세요."

나는 넋이 나간 사람처럼 소형이 시키는 대로 물을 한 모금 마시곤 다시 소형을 바라본다.

"아까 물었죠? 인플루언서로 이름을 날릴 때 왜 인터뷰 요청에 응해주지 않았는지. 마찬가지 이유였어요. 그것보단 훨씬 크게 성공해야 당신을 단숨에 사로잡을 수 있을 테니까."

나는 소형의 설명을 비로소 이해했다는 듯 고개를 짧게 끄덕인다.

"민우 씨의 정보는 계속 수집하고 주시하고 있었어요. 예기치 못한 변수로 당신을 놓치는 일이 생기면 안 되니까. 당신 주변 사람에게 도움을 받기도 했어요. 실은, 갑자기 결혼한다고 했을 때가 가장 위험했는데, 그때 그분이 예상치 못한 오해까지 받게 되는 바람에 달래드리느라 혼쭐이 나기도 했죠."

"오해? …뭐? 그, 그럼, 김서정? 서정이가 네 정보원이었어?!"

나는 깜짝 놀란 표정으로 경악해 소리친다. 소형은 참지 못하고 웃음을 흘리며 내 볼을 살짝 꼬집는다.

"그런 식으로 표현하시면 저나 김 선생님, 둘 다 서운하죠. 순하기만 하고 세상 물정 모르는 오민우 씨를 무사히 이 자리에 오게끔 하기 위한 보호조치였을 뿐인데요."

나는 눈썹을 찡그려 노려본다. 소형은 그 시선을 장난스레 맞추더니 갑자기 자리에서 일어선다. 내 앞에 반듯하게 서서 CEO가 만족스러운 사업 성과를 발표하는 듯 얘기한다.

"제가 기다리던 시간이 드디어 왔어요. 처음 목표를 세울 땐 10년을 예상했는데, 1년 이상 앞당기기까지 했고요."

소형이 내 두 손을 맞잡아 살짝 위로 끌어당긴다. 나는 그 손길을 따라 일어서서 소형과 눈을 맞춘다. 소형이 또랑또랑한 목소리로 고백을 잇는다.

"오민우 씨. 나, 당신을 갖기 위해 최선을 다했어요. 9년 동안 당신을 무사히 지켜내면서 당신이 거절할 수 없을 만한 상대가 되기 위해서 노력했어요. 앞으로도 당신에게 나만 한 상대는 다시 없을 거라고 장담해요. 어때요? 이 정도면 내가 당신을 가져도 되지 않아요?"

소형이 정말로 나를 좋아하는 건지, 단순히 소유하고 싶은 마음인지 확인할 방법은 없다. 하지만 그 본질이 무엇이든 10년 가까운 시간을 이토록 집요하게 노력했다는 사실만으로도 내겐 충분하다.

마지막으로 소형을 보았던 그날, 나를 향했던 열망의 눈빛이 여전히, 아니 오히려 더욱 격렬하게 불타오르며 나를 바라본다.

6

"자, 엄마 따라 해봐. 입꼬리를 이렇게, 응. 잘한다, 우리 민우."

아주 어릴 적부터 어머니는 내가 앞에 있는 사람의 표정과 말투를 흉내 내도록 훈련시켰다.

어머니는 내가 말을 시작할 무렵부터 여느 아이들과는 다르다는 걸 알았다. 그 원인을 알아내기 위해 수없이 많은 검사와 상담을 받았다. 결국 MRI까지 찍어서 얻어낸 결론은 아들인 내가 타고난 사이코패스라는 거였다.

사이코패스와 소시오패스로 대표되는 반사회성 성격 장애도 여느 학설과 마찬가지로 다양한 주장들이 존재한다. 하지만 일반적으로 알려진 사실로 구분해보자면, 소시오패스는 후천적 영향에 의한 것으로, 감정을 느낄 수는 있으나 그 정도가 미미해 다른 사람의 감정에 잘 공감하지 못하고 비도덕적 행동에도 양심의 가책을 느끼지 않는다. 반면, 사이코패스는 선천적으로 편도체와 전두엽의 기능에 문제가 있어 감정을 아예 느낄 수 없다.

나는 후자로 진단이 나왔지만, 교사였던 어머니는

포기하지 않았다. 교육과 훈련으로 나를 일반인과 비슷하게 살아가게 만들겠다고 결심한 것이다. 감정을 가르치거나 습득하는 건 애초에 불가능하니, 사람들의 행동을 분석하고 흉내 내어 '공감하는 척' 연기하는 방식을 택했다.

어릴 때 나는 어머니의 의도를 정확하게 이해하지 못해 충동적으로 행동하는 경우도 빈번했다. 대부분은 보통 아이들이 저지를 수 있는 잘못으로 꾸며 넘어갈 수 있었지만, 어린이집 친구를 크게 상처 입히는 사달을 낸 후, 어머니는 자신의 인생까지 바꾸는 결심을 해야 했다. 천직이라 여기던 중학교 수학 교사를 그만두고 내 행동 교정에 집중했다. 항상 주위를 관찰하고 상황에 맞는 사람들의 반응을 외우고 따라 하도록 반복적으로 연습시켰다. 다행스럽게도 내가 논리적인 사고를 할 수 있게 되었을 즈음엔 그게 무슨 놀이라도 되는 것처럼 즐기게 됐다.

그렇게 내가 감정을 느낄 수 없다는 사실을 아무도 알아채지 못할 만큼 자연스럽게 다른 사람들의 삶에 스며들었다. 익숙해질수록 쉬웠다. 모든 걸 계산해서 움직이기만 하면 되었으니까.

가장 무난하고 사회성이 좋은 사람을 곁에 두는 게

도움이 된다는 사실을 깨달은 후론, 그들과 절친이라는 이름으로 붙어 다녔다. 서정과 자주 어울린 것도 그래서였다. 그러다 보니 말투나 행동이 여성스럽다는 오해도 받았지만, 어머니는 사이코패스로 낙인찍혀 경계의 대상이 되는 것보단 낫다고 여겼다.

그리고 소형을 발견했다. 한눈에 소형이 나와 비슷한 부류라는 것을 알아봤다. 물론 소형은 나처럼 선천적인 결함을 가진 건 아니었다. 어머니의 죽음으로 깊은 슬픔에 빠졌을 때, 뛰어난 지능 때문에 세상에 대한 흥미를 잃으면서 감정이 죽어버린 거였다. 소형이 바로 후천적 영향을 크게 받은 소시오패스였다.

어머니는 언제나 내가 평범한 삶을 살길 원했다. 정규분포의 정중앙. 나는 그런 삶을 살기 위해선 나와 비슷한 부류를 곁에 두어야 한다고 생각했고, 소형은 그 자리에 가장 적합한 사람이었다.

그래서 나는 소형이 나를 갖고 싶어 하도록 만들었다.

열망이 가득 찬 눈으로 나를 바라보던 소형이 환하게 미소 짓는다. 나는 그 모양새를 따라 입꼬리를 올린다. 소형이 눈을 감고 살짝 벌린 입술을 내게 내민다. 나는

고개를 숙여 반짝이는 그 입술에 내 입술을 포갠다. 그
사이 짧게 내뱉는 숨에 나의 쾌감이 실린다.

*연모淵謨: 깊은 계교, 계책

최고의 인생 모토

1

벽시계의 시침이 7을 향해가는 붉은 노을로 가득 찬 사무실.

한 남자의 마우스 클릭 소리만이 간간이 정적을 깼다. 대동물산의 6년차 대리 안선웅. 말끔한 얼굴에 자리 잡은 입술 한쪽이 치켜 올라간 채였다. 예사롭지 않은 눈빛은 모니터 화면에 꽂혀 있었다.

'심각한 사람은 잠깐 넣었다 건져낸 국물만 먹어도 위험해요.'

'새우깡 한 봉지에 들어가는 새우가 세 마리라던데, 그거 가지고도 난리 나는 사람이 있다고요!'

'알레르기 쉽게 생각하는 사람들이 있는데, 오죽 위험하면 포장지에 그런 경고 문구까지 있겠어요? [본 제품은 OOO을 사용하는 제품과 같은 제조시설에서 제조하고 있습니다.] 그만큼 치명적이라는 거죠!'

"···죽을 수도 있으려나?"

느린 속도로 담담하게 내뱉는 목소리가 낮게 가라

최고의 인생 모토

앉아 있었다. 고민스러운 듯 눈이 가늘어졌다. 손가락으로 천천히 마우스 휠을 굴리다 멈추더니, 몸을 앞으로 뽑아 화면을 다시 읽었다.

'저는 새우깡은 괜찮지만 새우탕면은 못 먹어요. 어렸을 땐 괜찮았는데 커서 그러니까 힘드네요. 저번엔 너무 먹고 싶어서 시도했다가 결국엔 응급실 실려 갔어요. 흑흑흑.'

꼰대가 라면 좋아하잖아. 딱인데? 간식 타임에 몰래 섞으면 죽진 않더라도… 그래, 응급실 정도는 가겠지? 크크크.

비틀려 있던 선웅의 입꼬리가 양쪽 모두 하늘을 향해 치솟았다. 그의 음침한 기운이 어두워지기 시작하는 노을과 함께 사무실을 채웠다.

3일 전.

"뭐? 효율? 하, 진짜 그놈의 효율성 타령! 안 대리, 그렇게 효율 따질 거면 효율적으로 태어나자마자 죽어 버리지, 인생은 뭐 하러 살아? 어?"

30대 초반의 선웅은 전형적인 MZ 세대의 철학에

많이 닿아 있었다. 회사보다 개인의 이익이 그를 행동하게 하는 동기였다. 직장은 돈을 위해 다니는 곳일 뿐, 그 이상도 이하도 아닌 곳.

잔소리 많은 꼰대들의 말은 귀에 담지도 않고 흘려보낸다. 지금 내 직속 상사라 해도 회사를 그만두면 끝인 인연. 그러니 철저히 이익과 필요에 의해 관계를 맺고 끊는다. 도움 될 사람이 아니라면 굳이 관계를 위해 노력하지도 않는다. 투여한 노력과 시간, 비용에 대비하여 최대한 뽑아내는 것이 곧 효율. 선웅에게 그것은 다른 어떤 것과도 바꿀 수 없는 매력적인 가치였고, 워라밸이 중요한 직장에선 더더욱 사수해야 할 인생 모토였다.

그러나 안타깝게도 그런 선웅의 철학을 이해하는, 아니, 이해할 수 있는 능력을 가진 사람은 얼마 없는 듯했다.

"아니, 효율적으로 살려는 인간이 밥 먹고, 똥 싸고, 번거롭게 돈은 왜 벌어? 그냥 콱 죽어버리지, 안 그래? 어?"

팀장은 마지막 말과 함께 손에 쥐고 있던 서류를 냅다 던졌다. 종이들이 부채꼴 모양으로 바닥에 흩어졌다. 조금 전, 자기 얼굴에 서류를 정면으로 던졌던 부장보다는 스스로가 나은 사람이라고 생각하면서 자신이 당했던 상황을 비슷하게 재현했다.

선웅은 어깨를 움찔하며 급히 고개를 숙였다. 그러나 표정에는 그리 반성하는 기미가 보이지 않았다. 오히려 입술을 씰룩거리는 게, 불만은 있지만 차마 입 밖으로 뱉어내진 못하고 속으로 삭이는 모양새였다.

"벌써 이게 몇 번째야, 어? …그래, 저번에 메일에 이름 잘못 써서 욕먹었던 건, 그래도 상대가 내부 사람이었으니 사과하고 넘길 수라도 있었지. 근데 이젠 이메일 주소를 잘못, 쳐! 넣으! 셔서! 비딩까지 누락시켜? 너 도대체 정신을 어디다 두고 일하는 거야? 그게 얼마짜리 계약이었는데! 회사 연 매출의 반이야, 바안-!"

팀장의 사자후가 사무실에 울려 퍼졌다. 선웅의 팀 동료들은 파티션 아래로 머리를 숨긴 채였지만 잔뜩 궁금해하는 눈빛으로 두 사람을 힐끔거리고 있었다.

선웅은 고개를 숙인 상태에서 입술을 삐죽거리며 속으로 외쳤다. 아니, 사람이 키보드를 치다 보면 실수로 손가락이 미끄러져 A를 B로 칠 수도 있는 거지. 실수 없이 완벽하면 그게 사람이야, 컴퓨터지? 그 오타가 하필이면 '김세이' 이사를 '김게이'로 만든 것 때문에 좀 껄끄러워지긴 했지만, 오히려 당사자는 웃으면서 넘어갔다고! 근데 왜 꼰대는 그걸 또 끄집어내서 이번 일까지 연결하고 난리야?

확실히 그때의 일은 해프닝에 불과했다. 그러나 팀장이 분노를 터트리는 이번 사고는 명백히 시말서 감이었다. 선웅도 그건 인정할 수밖에 없었다. 하지만 변명의 여지도 있다고 생각했기에 불만스러웠다.

선웅 딴에는 정기적으로 비딩을 진행하는 거래처와의 일을 효율적으로 처리하려고 고안했던 방법이었다. 빠른 응찰을 위해 주소록에 단축 주소를 설정해놓았는데, 재수가 없으려니 마감 기한 얼마 전에 거래처 담당자가 바뀌었다. 그런데 선웅이 깜빡하고 이메일 주소를 업데이트하지 않은 채 비딩 서류를 발송해버린 것이다.

아니, 내가 일부러 그런 것도 아니고 효율적으로 업무를 처리하려다가 실수를 한 거잖아, 실수!

조용히 불러서 나무랐다면 선웅도 깔끔하고 효율적으로 사죄를 했을 것이다(아마도?). 하지만 사무실 한복판에서 동료들에게 일부러 들으라는 듯 수선을 떠는 팀장의 꼰대스러움에 선웅은 되레 가슴에 열불을 품었다. 그것은 결국 얼마 버티지 못하고 밖으로 터져 나오고야 말았다.

"…근데요, 팀장님. 결국엔 비딩 들어갔잖아요?"

"뭐, 뭐어?"

"예, 뭐, 제가 메일을 효율적으로 관리하려고 했던 게 실수를 일으킨 셈이긴 한데요. 근데 팀장님도 얼마 전에는 그거 보시곤 좋아 보인다며 배워 가셨잖아요? 왜 그땐 칭찬하셔놓고 이번엔 말을 바꾸시는 건지, 저는 진짜로 이해가 안 가네요."

팀장은 순간적으로 할 말을 잃었다. 그의 흔들리는 동공이 말 대신 생각을 드러내고 있었다. 이런 엄청난 실수에도 당당하게 목소리를 높이고 있는 선웅이 정상은 아니라는 판단. 이른바 또라이.

하지만 선웅은 자신의 논리가 먹혀서 팀장이 조용해졌다고 여겼다. 곧장 똑바로 마주 보며 의기양양해진 말투로 말을 이었다.

"그리고 제가 실수는 했지만, 결과적으로 그 비딩, 우리가 따냈잖아요? 그거면 된 거 아니에요? 결과가 나쁘지 않은데 왜 이렇게까지 화를 내시는 건지, 저는 당최…."

"뭐, 뭐라고? 야, 이…! 그걸 해결한 사람은 네가 아니라 최 과장이었잖아! 최 과장이 클라이언트사와 평소 친분을 잘 쌓은 덕분에 비딩 누락된 걸 마감 전에 연락 받아서 망정이지, 안 그랬으면 그대로 물 건너가는 거였다고! 부장님이 그 상황을 알게 되신 바람에 내가 좀 전에 불려가서 얼마나 수모를 당했는데? 어? 여, 여기! 여기 볼에 난 상처 안 보여? 어?!"

왼쪽 볼을 손가락으로 가리키며 팀장이 목소리를 높였다. 아주 가느다란 붉은 선 하나가 광대뼈 위에 자리 잡고 있었다.

"그리고 너, 인마! 내가 네놈의 효율성 타령 듣기 싫었어도 젊은 놈이 열심히 하는 게 기특해서 참아줬더니, 뭐? 그런 큰 사고를 치고도 정신 못 차리고 뭘 잘했다고…, 어억!"

팀장은 미처 말을 마치지 못하고 목덜미를 잡은 채 의자에 털썩 주저앉았다. 지금까지 곁눈질로 지켜보던 박 과장이 벌떡 일어나 달려왔다.

"티, 팀장님! 괜찮으십니까?"

"박 과장 생각에 내가 괜찮겠…, 어어?!"

한탄하듯 말하던 팀장이 깜짝 놀라 눈을 커다랗게 뜨며 외쳤다. 박 과장이 책상 뒤편에 진열된 아크릴 상자를 건드리는 바람에 그게 흔들렸기 때문이다.

"앗, 죄, 죄송합니다, 팀장님!"

박 과장은 허둥지둥 아크릴 상자의 줄을 다시 맞췄다.

10여 개의 투명 상자 안에는 마블의 캐릭터 피규어

들이 하나씩 자리하고 있었다. 후면에는 열쇠 구멍이 있는 잠금장치까지 설치된 상자였다. 고이 모셔진 캐릭터들은 먼지 한 톨 없이 반짝이고 있었는데 팀장이 매달 둘째, 넷째 월요일마다 애지중지 닦아낸 덕이었다.

자신의 애장품이 무사히 제자리를 찾고서야 팀장은 조금 진정됐다. 의자에 앉아 심호흡한 후 선웅을 바라보며 목소리를 눌러 말했다.

"안 대리, 자네가 자꾸 효율성 이야기하면서 일을 몰아놨다 하거나 밀어뒀다 하는 거까진 내가 넘어갔어. 솔직히 조금 거슬리긴 해도 대세에 지장을 주는 건 아니었으니까. 근데 말이야…, 사고를 치는 건 전혀 다른 문제라고!"

잠시 찾은 듯싶었던 팀장의 평정심이 금세 다시 사라졌다.

"만약에 일이 잘못돼서 그 매출 말아먹었으면 우리 팀, 그대로 다 날아가는 거야, 다! 니가 그 꼴을 만들 뻔했다고, 이 새끼야!"

결국 삿대질까지 하며 목소리를 높였다. 박 과장은 그런 팀장 옆에서 안절부절못하며 선웅을 타박하듯 째려봤다. 하지만 선웅은 여전히 반성할 생각이 없어 보였다. 고개를 젓더니 길게 한숨만 내쉬었다. 아니, 그래도 어쨌든 결과적으론 잘 끝났잖아? 근데 뭘 이렇게까지 흥분하는 거야, 세상 비효율적이게.

그런데 동료들의 소곤거리는 소리가 선웅의 귀로 들어왔다.

"아우, 안 대리 저거 또, 그 효율성인지 뭔지 쫓다가 사고 쳤나 보네. 똘끼 가득한 새끼."

"근데, 제대로만 하면 효율 좋은 게 좋은 거 아니에요? 이번은 그냥 좀 서두르다 실수한 거 같은데?"

"야아, 서 대리. 솔직히 쟤가 말하는 효율이라는 게 따지고 보면 별것도 아니잖아. 파쇄기 비우라고 하면 가득 찰 때까지 기다렸다 한 번에 비워야 한다고 우기거나, 식당에서 메뉴 통일시켜야 빨리 나온다고 다들 싫다는 거 강요하는 수준? 저것도 고작 아웃룩 단축 주소 설정 때문이란 건데, 사실 그거 1년에 몇 번이나 써? 비딩 많아야 서너 번이야. 그거 설정하는 데 들이는 시간보다 비딩 때마다 그냥 메일 주소 쓰는 게 더 빠를걸?"

선웅의 얼굴이 붉으락푸르락해졌다. 자존심에 큰 타격을 받는 때가 바로 이런 식으로 불합리한 평가를 받을 때였다. 가장 자랑스럽게 내세우는 장점이자 독보적인 능력을, 팀장이 말도 안 되는 꼬투리를 잡는 바람

최고의 인생 모토

에 동료들에게까지 무시당하는 상황이 됐다.

팀장은 여전히 성이 차지 않은 듯 자리에서 다시 일어섰다. 옆에 있던 박 과장을 손으로 밀어내고 앞으로 나서며 다시 소리쳤다.

"근데 뭐, 효율적? 효오유울쩌억?! 그래, 그게 진짜 효율적이다 치자! 그러면 뭐 해, 성과가 없는데? 일을 했으면 만족할 만한 결과물이 나와야지, 적게 일하고 아무것도 없으면 그게 다 무슨 소용이야! 안 그래, 어? 하여간, 이래서 지잡대 출신들은…!"

빠득. 이마에 실핏줄이 솟은 선웅이 더는 참지 못하고 눈을 부릅뜨며 외쳤다.

"팀장님! 아무리 그래도 그런 인신공격성 발언은…!"

하지만 팀장은 곧장 손바닥을 내보이며 선웅의 말을 자르더니 고개까지 도리질하며 덧붙였다.

"아, 몰라, 됐고! 시말서나 써서 올려! 그래, 안 대리 좋아하는 방식으로 최대한 효율적으로, 원인, 결과, 반성, 3문단! 문장도 많이 쓰지 마, 짜증나서 오래 읽기도 싫으니까. 이제 가! 가버려! 내 눈앞에서 사라지라고!"

팀장은 더는 꼴도 보기 싫다는 듯 자리에 앉아 모

니터로 고개를 돌려버렸다. 무안해진 박 과장은 눈치를 보다 살금살금 뒷걸음질로 팀장의 파티션을 빠져나왔다.

선웅이 어금니를 꽉 깨문 채 몸을 돌렸다. 자신의 책상으로 향하던 걸음이 목적지를 지나쳐 사무실 문으로 이어졌다. 분노로 가득 찬 마음이 폭발할 것만 같아 자리에 앉을 수가 없었다.

최고의 인생 모토

재수 없는 꼰대 새끼! 팀장이면 다야? 지는 뭐 얼마나 대단한 학교 나왔다고 무시해? 꼰대도 스카이는 아니잖아? 그런데 그딴 식으로 날 모욕해?!

"으아아아아아!"

분을 삭이지 못한 선웅이 얼굴을 잔뜩 일그러뜨린 채 소리를 내질렀다. 그것으로도 부족했는지 옥상 출입구 뒷벽에 등을 마구 부딪쳐댔다.

개자식. 죽여버릴까.

주먹을 멈추며 순간적으로 스친 생각이었다. 하지만 이내 고개를 저었다. 아무리 화가 났더라도 그건 너무 비이성적인 선택이었다. 당장 분은 풀리겠지만 그 후엔?

…그냥 인생 조지는 거지.

이제까지 효율적으로 살아온 선웅의 삶을 한순간에 무너뜨리는 비효율적인 짓이었다.

그렇다고 그냥 넘길 순 없는데. 어떻게 해야 이 분이 풀릴까….

그때 엘리베이터 도착 소리가 들렸다. 선웅은 불청객의 등장이 반갑지 않아 눈살을 찌푸리며 출입구를 돌아봤다. 후배면 당장 꺼지라고 할 생각이었다.

입구에 모습을 드러낸 건 갈색 마 투피스 정장을 갖춰 입은 단발머리 여성이었다. 자판기 커피를 양손에 든 최혜주 과장. 선웅이 저지른 대형 사고를 수습한 팀의 에이스. 저 아줌마가 여길 왜 왔어? 정말 낄 데 안 낄 데 분간을 못한다니까.

후배들을 잘 챙기고 조언을 아끼지 않는 혜주에겐 따르는 팀원들도 많았지만, 선웅은 예외였다. 인간관계도 투자 대비 효율을 따지는 그에게 혜주의 사교성은 불필요한 에너지 낭비로 보였다. 조언이라고 해봤자 여자 꼰대 잔소리일 뿐인데, 뭐 하러 그걸 듣겠어?

혜주가 두리번거리다 선웅을 발견하곤 미소를 띤 채 다가와 말했다.

"다음부턴 실수하지 않겠습니다, 했으면 금방 끝날 상황을 왜 그렇게 복잡하게 만들어?"

"사람이 실수할 수도 있는 건데, 쪼잔하게 그거 가지고 너무 뭐라고 하시니까요."

선웅이 심드렁하게 대꾸하곤 혜주가 건넨 커피를 받아 한 모금 마셨다. 미지근한 온도에 자신도 모르게 미간을 찌푸렸다.

혜주도 곧장 커피를 들이켰다. 싱긋 웃는 표정으로 잠시 머금었다 삼킨 후 입을 뗐다.

"그런데 솔직히, 안 대리가 인생 모토인 '효.율.성' 에 집착하면서 트러블을 자주 만들긴 하잖아? 그건 자기도 인정하지?"

혜주는 효율성을 언급할 때 장난스레 또박또박 발음하며 강조했다. 선웅이 즉각 마땅찮은 눈길로 혜주를 쳐다봤다. 또 시작이구먼. 아는 척하는 잔소리. 곧장 입술을 삐죽거리며 시선을 먼 하늘로 돌려버렸다.

"안 대리가 효율성 추구하는 거 좋아, 좋지! 업무를 하는 데 상당히 중요한 장점일 수도 있으니까. 그런데 말이야, 그게 제대로 작동하지 않으면? 결과를 내지 못하거나, 오히려 비효율적으로 돌아가게 되면, 결국 이도 저도 아닌 게 되잖아. 안 대리도 그걸 원하는 건 아니지?"

혜주가 잠시 말을 멈추고 선웅의 표정을 살폈다. 하지만 선웅이 별다른 반응을 보이지 않자, 다시 말을 이었다.

"효율을 좇으면서도 마무리 단계에서 조금만 더 주의를 기울여봐. 당면한 그 업무 하나만 보지 말고 그게 영향을 미칠 주변 환경과 상황도 좀 확인하고. 안 대리가 그것만 더 챙기면 효율성이 제대로 발휘되면서 업무 처리 결과도 훨씬 좋아질 것 같거든. 어때? 안 대리 생각은?"

말을 마친 혜주가 기대에 찬 표정으로 선웅을 바라 봤다. 선웅은 여전히 뚱한 표정으로 잠시 말이 없었다. 그러다 결심한 듯 혜주의 눈을 직시하며 입을 열었다.

"그러면 저한테 뭐가 좋은데요?"

"…으, 응?"

예상치 못한 질문에 놀란 혜주가 되물었다. 선웅은 짧게 한숨을 내쉬곤 이야기했다.

"저는 딱 지금 제가 하고 있는 정도가 회사에서 월 급 받은 만큼 일하는 거라고 생각해요. 여기서 신경을 더 쓰면 돈을 더 받아야 맞는 계산인데, 아니, 최소한 복지라도 더 받아내야 정당한 거래인데, 과연 제가 더 신경 쓴다고 회사에서 뭘 더 해주겠어요?"

한없이 건조한 말투에 혜주가 눈만 껌뻑거리며 선 웅을 바라봤다. 혜주의 그런 반응에도 선웅은 아랑곳하 지 않고 목을 살짝 가다듬더니 그대로 말을 이었다.

"최 과장님. 회수되지 않는 투자는 가치가 없는 거 아닌가요? 아, 뭐, 길게 보면 경험이 쌓여 나중엔 다 도 움이 된다, 그딴 소리 하는 사람들이 있긴 하죠. 근데 나중은 나중이잖아요. 도대체 그때가 언젠데요? 3년? 5년? 제가 내후년 안에 교통사고로 갑자기 죽으면요?

그깟 것 쌓았다가 그냥 다 날리는 거잖아요. 아무 소용이 없어지는 거죠. …저는요, 지금 당장 저한테 편한 거, 도움 되는 게 중요해요. 그런 게 진짜 효율적인 거라고요!"

선웅의 표정은 어느새 자신만만하게 바뀌었다. 단단하게 굳은 볼엔 가벼운 오만까지 서려 있었다.

그의 말에 홀린 듯 넋 놓고 있던 혜주가 퍼뜩 정신을 차렸다. 곧바로 이마를 찡그렸다. 선웅은 자신의 철학에 과도한 자부심이 있는 것 같았다. 도대체 그 믿음이 어디서 나오는 건지 알 수 없었지만, 스스로가 저리도 확신하는데 혜주가 뭘 어쩌겠는가. 이런 녀석들은 직접 된통 당하지 않는 한 절대 바뀌지 않는다. 혜주가 짧다면 짧고 길다면 긴, 10년 넘는 사수 생활에서 얻은 진리다.

혜주는 답답한 마음에 명치가 조여왔지만 그래도 좀 더 노력해보고 싶었다. 인생 경험을 조금이나마 더 쌓은 선배로서의 책임감 때문이었다.

"음, 맞아. 그런 것들이 당장은 비효율적으로 보일 수도 있어. 하지만 있지, 나도 지나고 나서 보니까 경험으로 쌓은 노하우라든가 지혜는 다른 방식으론 얻기 힘들더라고. 안 대리도 지금 그걸 놓치면 나중엔 후회할지도 몰라."

혜주의 말이 끝나자마자, 선웅이 한쪽 입꼬리를 올려 피식 웃었다.

"봐요, 과장님도 확언 못하시잖아요. '후회할.지도. 모른다.' 그만큼 확정적이 아니라는 거잖아요? 그런데도 그걸 고려한다는 건, 과장님의 '전형적이고. 비효율적인' 사고방식 때문이에요. 그러니까 제가 그걸 따르지 않아서 후회할 일은, 단연코 없을 겁니다."

혜주가 '효율성'을 강조했던 방식을 흉내 낸 말투였다. 비웃음을 여실히 드러낸 그의 말에 혜주는 거대한 벽을 느끼고 이 이상 설득하려 드는 건 무의미하다고 판단했다.

선웅은 아랑곳없이 계속 말을 늘어놓았다.

"있죠, 이 회사가 제 능력을 제대로 봐주지 않으면, 봐주는 곳으로 옮기면 그만이에요. 요즘 스타트업들이 얼마나 자유롭게 직원들의 특성을 살려주는지 아세요? 거기다 복지는 어찌나 빵빵한지! 기사들 보셨을 거 아니에요? 그러니까 과장님도 더 늦기 전에 좀 알아보고 옮기시는 게 어때요? 네?"

혜주가 입술을 일자로 만들며 생각했다. 그런 회사들 좋은 거 누가 몰라서 안 가나, 못 가는 거지. 혜주의

　　　　　　　　　최고의 인생 모토

판단으론 선웅도 자격이 될 리 만무했다. 두 사람의 시선이 천천히 서로를 떠나 하늘로 향했다.

건너편 빌딩 뒤에 숨어 있던 구름이 바람에 밀려 모습을 드러냈을 즈음, 혜주의 표정이 갑자기 바뀌었다. 선웅을 돌아보며 묘해진 눈빛으로 살갑게 물었다.

"안 대리는 그런 스타트업 알아보고 있는 거야? 어디인데?"

"뭐… 몇 군데 좀…."

선웅이 거만하게 웃으며 어깨를 들썩였지만, 사실은 허세였다. 하지만 혜주는 선웅의 말에 눈을 반짝이며 감탄사를 내뱉었다.

"오, 역시 효율적인 안 대리는 빠르네, 빨라! 그래, 그쪽 회사를 고를 땐 뭘 중요하게 봐야 해? 나도 좀 알아보게."

"뭐, 스타트업은 아무래도 신생 회사가 많으니까, 사업 분야에서 독자적인 기술력이 있는지, 지속력이 있는지가 중요할 테고…. 나머지는 일반 직장들 볼 때랑 똑같죠. 무조건 연봉과 복지!"

"아! 역시 그렇겠지? 역시 우리 안 대리는 똑똑해."

혜주가 신이 난 목소리로 맞장구를 치더니 속삭이듯 덧붙였다.

"혹시 안 대리가 먼저 좋은 데로 옮기게 되면, 나도 끌어가 줄 거지?"

선웅은 대답 대신 입꼬리를 내리며 어설프게 웃는 표정을 만들었다. 혜주는 그런 선웅에게 빙그레 웃어 보이곤 바로 출구를 향해 몸을 돌렸다.

선웅은 멀어지는 혜주의 뒷모습을 응시하며 이젠 완전히 식어버린 커피를 단숨에 들이켰다. 빈 종이컵을 구기며 잠시 끊겼던 생각을 다시 끌어왔다. 그나저나 팀장한테 어떻게 복수하지?

아무리 복수라지만 죽이거나 영구적인 상해를 입히는 건 제외해야 해. 범죄가 되면 인생이 궤도에서 벗어나 버리니까. 회사에 직접적인 피해를 주는 것도 안 돼, 손해배상이라도 해야 하면 바로 인생 꼬이는 거야.

그렇다면 일회성이되, 팀장 개인에 한한 것이어야 하는데. 뭐가 있을까, 꼰대를 괴롭게 만들 가장 효과적인 방법이…?

구겨진 종이컵의 모서리를 턱에 툭툭 쳐대며 생각에 골몰하는데, 아부쟁이 박 과장의 목소리가 이마를 때리듯 떠올랐다.

'팀장님 갑각류 알레르기 있으시잖아. 그래서 새우

요리는 절대 안 돼!'

입사 후 첫 회식 자리인 중국집에서 깐쇼새우를 주문하려고 하자 선웅을 말리며 한 말이었다.

그거네! 선웅이 손가락을 튕기며 만면에 웃음을 띠었다. 안선웅, 넌 왜 이렇게 기억력까지 좋아서 일을 쉽게 해결해? 하하핫.

조금 전까지만 해도 답답했던 가슴이 뻥 뚫리는 느낌이었다. 흡족한 표정으로 몸을 돌리며 2미터 거리의 휴지통을 노려봤다. 머릿속에서 짧은 시뮬레이션을 돌린 후 쥐고 있던 종이컵을 원핸드슛으로 던졌다. 그게 휴지통 안으로 들어가기도 전에 선웅은 팔을 들어 올리며 외쳤다.

"나이스 샷!"

엘리베이터에 탄 혜주가 하강 버튼을 누르며 읊조리듯 중얼거렸다.

"전형적이고 비효율적이라…."

선웅이 자신을 평가했던 말을 되뇌며 혜주는 입가에 옅은 미소를 머금었다. 바닥을 내려다보고 있던 눈꼬리가 활처럼 휘었다.

3

그날 저녁, 사무실에 홀로 남은 선웅이 컴퓨터 키보드를 두드리고 있었다. 조금 전까지 새우 알레르기에 대해 조사를 마친 후 만족스레 웃던 얼굴은 어느새 뚱하게 바뀌었다. 갑자기 시말서 기한이 급박해졌기 때문이다. 원래는 내일 업무 시간에 작성할 생각이었는데 선웅이 퇴근하기 10분 전에 팀장에게서 메시지가 도착했다.

'지금 시말서 작성 중인 거지? 오늘 안에 꼭 올려, 효율적으로.'

못 본 척 퇴근해버리고 싶었지만 '효율'을 들먹이니 괜스레 부아가 치밀었다.

그래, 끝내주게 효율적인 시말서 하나 써주마! 원인, 결과, 반성…하는 척의 3문장!

그렇게 10분 만에 시말서 작성을 완료했다. 막 상신 버튼을 클릭하는 순간, 개인 메일함에 새 메일이 도착했다는 알림창이 떴다.

'[조니프 소프트] 채용 제안 드립니다.'

조니프? 어디서 많이 들어봤는데…. 엥? 설마 거기? 진짜야?!

웬만한 대기업보다 연봉과 복지 수준이 좋다던 소프트웨어 개발사였다. 토종 기업이지만 구글이나 페이스북의 대우를 뛰어넘는다는 소문과 뉴스 보도 덕에, 최근 구직자들의 눈높이를 과하게 높여놓았다는 질시를 받았던 곳이다. 그런데 거기서 나한테?!

눈이 휘둥그레져서 황급히 메일을 클릭했다. 구직사이트에서 이력서를 보고 보낸 거라고 쓰여 있었다. 선응은 눈살을 찌푸린 채 기억을 더듬다 생각해냈다. 아, 혹시 그땐가?

작년 겨울, 그러니까 '김게이' 이사 사건 때 팀장이 푸닥거리를 (이번과 버금가게) 했더랬다. 퇴근길에 친구들을 불러내어 술을 들이붓는 것으로 어느 정도 추스를 수 있었지만, 그래도 화가 가시지 않았다. 결국 다른 곳을 알아볼까 싶어 이력서 업데이트까지 해두곤 연말 상여금으로 마음이 풀려 잊고 있었다.

하, 그게 이 시점에 이렇게 풀리네?

제안 직무를 재빨리 훑어보았다. 경영지원과 마케팅, 영업까지 두루 살펴야 하는 제너럴리스트를 뽑는 자리였다. 선응은 조니프 소프트 정도 되는 곳에서 이렇게 복합적인 직무를 한 사람에게 맡긴다는 게 의아해 고개를 갸 우뚱했다. 이러면 워라밸 지키기 힘들겠는데 어쩌지?

'뭐? 버티컬 직무 하나만 하고 싶다고? 이 새끼가 배부른 소리 하고 자빠졌네. 대기업에서도 그렇게 는 힘들어, 새꺄. 우리 같은 스타트업에서는 꿈도 못 꿔. 적게는 두세 명, 기껏해야 몇십 명 일하는 조 직에서 어떻게 한 가지 직무만 하냐? 이 판이 초기 엔 청소도 돌아가면서 해야 하는 판이야. 선웅이 넌 이쪽 업계론 절대 못 오겠다야!'

선웅이 업무 범주가 늘어난다며 술자리에서 불평을 늘어놓자, 나름 잘나가는 스타트업의 COO인 친구가 혀 를 차며 한 말이었다.

"하지만… 조니프 정도면 무작정 부려먹진 않을 걸?"

강한 확신 때문인지 생각이 입 밖으로 나왔다. 조 니프 소프트의 연봉과 복지가 방송을 타면서 얼마나 많 은 기업이 몰매를 맞았던가. 직원을 최고로 대우해주면 서도 워라밸 또한 확실히 보장했다. 선웅은 이곳이라면 설혹 업무를 확장해 일을 시키더라도 그에 상응하는 대

160   최고의 인생 모토

우와 보상을 충분히 제공할 거라 판단했다.

재빨리 메일에 연결된 링크로 들어갔다. 이력서를 등록할 수 있는 폼이 새 창으로 떴다. 선웅은 슬쩍 목을 빼서 주위를 둘러보았다. 역시나 사무실에 다른 사람은 없었다. 출퇴근 교통 혼잡을 피하고 업무를 효율적으로 하겠단 핑계로 10시 출근, 7시 퇴근의 유연근무를 얻어낸 덕이었다.

쇠뿔도 단김에 빼랬다고, 바로 이력서 등록을 시작했다. 구직 사이트에 이미 정리해둔 것을 긁어와 붙여넣고 상반기 대표 프로젝트 몇 개만 추가하면 되었다.

이 얼마나 효율적인가! 벌써 조짐이 좋네, 좋아. 으하핫!

낮에 팀장에게 깨졌던 사건이 오히려 전화위복이 된 것 같았다. 그 일이 없었다면 최 과장과의 대화도 없었을 테고 스타트업으로 옮기고 싶다는 열망을 확인하지도 못했을 거다. 채용 제안 메일을 받고도 어쩌면 익숙해서 편한 이 회사에 안주하기로 했을지도 모른다. 모든 게 선웅의 이직을 위해 준비된 운명 같았다.

상반기 프로젝트를 갈무리해 넣으면서 선웅의 얼굴에 주체할 수 없는 미소가 떠올랐다. 조니프 소프트라니, 조니프 소프트라니! 선웅의 표정은 이미 합격한 사람의 것이나 다름없었다.

이력서가 거의 채워졌을 무렵, 오후 내내 팀장에게 복수하고 싶어서 불타오르던 마음이 어느새 사그라진 걸 깨달았다. 어쨌든 덕분에 이직할 생각도 하게 된 거 아닌가. 조니프 소프트 입사 준비를 하려면 앞으로 신경 쓸 게 많아질 텐데, 꼰대에 대한 복수는 그냥 접어버려…?

그러나 곧바로 고개를 세차게 흔들었다.

아니야, 그래도 아예 접는 건 아니지! 팀원들 앞에서 내 인생 모토를 폄훼하고 인신공격까지 했잖아! 그냥 넘어가는 건 스스로에 대한 모독이야. 좀 더 생각해 보자. …일단 오늘은 퇴근부터 하고!

마음을 다잡으며 이력서 제출 버튼을 눌렀다. 7시 27분. 아무리 개인적인 일을 처리했더라도 사무실에 늦게까지 남아 있었다는 사실에 어딘지 손해라도 본 기분이라 찜찜했다. 서둘러 자리를 정리하곤 사무실을 나섰다.

이틀 뒤 저녁. 6시가 넘은 시간이라 여느 날처럼 선웅만 혼자 사무실에 있었다. 엉덩이를 의자 끄트머리에 걸친 채 몸을 한껏 누인 자세로 온라인 쇼핑몰의 장바구니를 채웠다. 마지막 품목으로 새우탕면을 벌크로 주문할지,

최고의 인생 모토

그냥 편의점에서 하나만 살지 고민하는 와중에 새 메일 알림창이 떠올랐다. 직감적으로 조니프에서 온 메일이라는 것을 알아챈 선웅은 기대와 긴장이 반반 섞인 표정으로 빠르게 메일을 열었다.

'[조니프 소프트] 1차 서류 통과를 축하드립니다.'

우아아앗! 봐, 역시 앞서가는 회사는 이렇게 바로 나를 알아보잖아!

심지어 희망 연봉을 상당히 높게 제시했는데도 통과됐다. 조니프에서 선웅의 가치를 그만큼 인정한다는 의미였으니 더욱 신이 날 수밖에 없었다. 선웅은 자신도 모르게 왼 주먹으로 책상을 가볍게 내리쳤다. 만면에 가득 미소를 올렸다가 이내 참을 수 없다는 듯 크게 웃음을 터트렸다.

"아하하하하하! 으하하하하!"

빈 사무실에 선웅의 호쾌한 웃음만이 쩌렁쩌렁 울렸다.

4

"안 대리, 식사하러 안 가? 그나저나 뭐 좋은 일이라도 있나, 하루 종일 싱글벙글이네?"

일찍 식사를 마치고 사무실로 들어선 팀장이 물었다. 평소 점심시간과 휴식 시간은 무슨 일이 있어도 칼같이 챙기던 선웅이기에 더욱 의아해하는 눈치였다.

"날씨가 좋아서 그런지, 괜히 기분도 좋고 배도 안 고프네요."

사실은 당신 골탕 먹일 생각에 밥을 안 먹어도 배가 불러서 그래. 선웅은 속으로 말을 덧붙이며 팀장에게 미소까지 지어 보였다.

비효율적인 일을 계획하면서도 이렇게 기분이 좋을 수 있다니, 선웅에겐 처음 있는 일이었다. 원래의 선웅이라면 감정에 따라 복수를 꾀하는 짓 따윈 하지 않았을 거다. 하지만 의도치 않게 기회를 열어준 팀장에게 은혜를 갚는 마음으로 '비효율적이더라도 성과를 좇으라'던 그의 요구를 실천해주기로 했다.

나가는 마당에 상사의 원풀이까지 해주다니, 이 얼마나 훌륭한 부하직원의 자세인가! 크흑!

히죽거리는 웃음이 계속 나올 만큼 계획을 짜는 시

간이 즐거웠다. 저녁에 조니프 소프트의 임원과 화상 면접이 잡혀 있었지만 그에 대한 준비마저 제쳐둘 정도였다.

팀장은 선웅에게서 꺼림칙한 눈빛을 떼지 못했지만 별다른 말 없이 자신의 자리로 향했다. 곁눈질로 그 모습을 확인하던 선웅이 입꼬리를 올렸다. 내가 이러는 게 불안하지? 그래도 짬밥은 있어서 본능적으로 위기를 감지하는 모양인데, 게임은 이미 시작되었고 무를 수가 없다고!

선웅이 점심까지 포기하고 야심차게 짜고 있는 계획은 처음 구상과는 상당히 달라진 것이었다. 원래 생각했던 '새우탕면 → 응급실' 아이디어는 진즉 접었다. 꼰대가 이직을 부추겨준 공로를 인정하기로 했으니, 신체적 고통은 가하지 않기로 했다. 대신 개인적이고도 상당히 사소하지만, 팀장 본인에게는 커다란 심리적 타격을 줄 수 있는 방법을 찾아냈다.

선웅의 게슴츠레한 눈빛이 팀장에게로 다시 향했다. 팀장은 애정 어린 눈길로 자신의 애장품들을 바라보고 있었다. 아크릴 상자 안에 소중하게 모셔진 캐릭터 피규어. 저것들을 부순다? 놉! 캐릭터 피규어라서 애들 장난감처럼 보이지만 실제 가격은 절대 만만치 않았다.

그것들에 직접 손을 댔다간 자칫 재물손괴죄가 될 수도 있다.

그래서 선웅이 노리기로 한 건 아크릴 상자였다. 더 정확히는 그것의 잠금장치를 망가뜨리는 것.

그건 팀장을 번거롭고 짜증나게 하겠지만, 굳이 범인을 추적할 만큼 큰 사건은 되지 않을 귀여운 테러니까. 팀장이 피규어를 꺼내 닦는 건 한 달에 단 두 번. 그가 테러의 결과를 알아챌 즈음엔 선웅은 이미 이직해서 이 회사에 없을 테니 의심조차 받지 않을 최적의 계획.

팀장은 매달 정기적으로 피규어를 닦는 그 두 번 중 한 번을 위해 오늘도 점심을 일찍 때우고 복귀한 터였다. 예복용 흰 면장갑까지 끼고 조심스럽게 피규어를 만지는 모습을 선웅은 한심한 눈길로 지켜봤다. 집에선 마누라에게 찍소리도 못하니까 사무실에서 저러는 거겠지. 그런 주제에 누가 실수로 건드리기라도 할라치면 아주 생난리를 치지, 쯧.

선웅은 고개를 저으며 모니터로 시선을 돌렸다. 자, 오늘 상자를 열었으니… 오케이, 그럼 퇴사 날짜는 이 즈음이 되게 사직서를 내고… 중간에 남은 휴가는 이날부터 이날까지 배치하고…. 좋아, 그렇다면 계획을 실행하는 건 바로 이날이 딱이다! 흐흐흐흐.

최고의 인생 모토

선웅이 회사에서 작성한 계획서 중 가장 치열한 고민이 투영된 작업물이 완성되어가고 있었다. 빠르게 키보드를 두드리는 선웅의 얼굴에 괴기스러운 웃음이 피어올랐다.

"엇, 최 과장님. 같이 나가요!"

혜주가 출입구 리더기에 사원증을 대는 순간 누군가 뒤쫓아 나오며 외쳤다. 선웅이었다.

선웅의 회사는 200명 남짓한 직원들이 6층짜리 빌딩 전체를 사용했다. 외부 손님은 옆 건물에 회의실을 따로 마련해두고 응대하기 때문에 본사에는 안내대는 물론 경비원도 없었다. 오직 출입문에 설치한 보안카드 리더기를 통해서만 드나들 수 있었고, 들어올 때와 나갈 때 모두 사원증 겸 보안카드를 이용했다. 경비 인력 비용을 최소화하겠다는 명목으로 회장이 내린 결정이었다. 겉보기엔 별 불편함이 없는 시스템이었지만 꽤 많은 직원이 뒤에선 불만을 토로했다. 카드의 보안코드를 유지하는 방식이 고리타분하면서도 번거로웠기 때문이다.

몇 년 전, 분실되었던 사원증을 이용한 도난 사건이 있었다. 그때 하필 회장실의 고급 비품들과 애장품이 모조리 털렸고, 대로한 회장은 사실상 상식을 벗어난 지시를 내렸다. 전 직원의 보안코드를 2주에 한 번씩 재설정하라는 것이었다. 그날 이후로 총무팀에서는 매주 첫째, 셋째 월요일 오후, 전 직원의 사원증을 수거했다가 재설정 후 배포하는 작업을 반복해야 했다.

"음? 안 대리, 이번 주 보안코드 업데이트 아직도 안 했어?"

"하하, 이렇게 다른 직원들 드나들 때 따라붙으면 되는데 뭘 굳이…. 총무팀 갈 일 생겼을 때 하려고요, 그게 효율적이죠!"

혜주가 눈썹을 산으로 만들며 졌다는 표정을 짓곤 다시 물었다.

"근데 이 시간에 어디 가? 안 대리도 외근?"

"아, 저는 개인적인 일이 있어서 조퇴요. 그럼, 먼저 가보겠습니다!"

말을 더 섞으면 발목이 잡힐까, 선웅은 재빨리 인사를 건네곤 신호등을 향해 달렸다. 선웅이 건널목을 지나 건너편에 도착하자마자 파란불이 빨간불로 바뀌었다.

신호등마저 효율적으로 건넌 후 사라지는 선웅의 등을 바라보며 혜주는 의뭉스러운 미소를 지었다.

선웅은 셔츠 위에 재킷까지 걸쳤지만 아래는 트렁크팬

　　　　　　　　　　최고의 인생 모토

티만 입은 채였다. 화상 면접이니 하의까지 챙겨 입는 건 비효율적이라고 생각했다. 넥타이는 손에 든 채 잠시 고민에 빠졌다. 그러나 조니프 소프트 CEO의 인터뷰 영상에서 배경에 보인 직원들이 모두 평상복 차림이었던 걸 기억해내곤 넥타이는 옷장 속에 다시 넣었다.

물 한 컵을 준비해 노트북 앞에 앉으니 면접 시작까지 5분이 남은 시간이었다. 선웅은 물을 한 모금 마셔 입안을 적신 뒤 메일의 링크를 클릭했다. 곧장 온라인 회의실이 열리면서 화면에 전형적인 교포 화장을 한 젊은 여성의 얼굴이 나타났다. 선웅은 살짝 긴장됐지만 애써 태연한 척 미소를 지었다.

메일의 설명에 따르면 여성은 조니프 소프트의 COO 애슐리 정이었다. 싱가포르에 거주하는 교포로 최근에 조니프에 합류했으며 회사의 글로벌 확장을 진두지휘한다고 했다.

"Hello, Mr. …Ahn? Do you hear me?"

"아? 에? …예쓰! 헤, 헬로우!"

갑작스러운 영어 인사에 선웅의 얼굴이 굳으면서 딱딱한 한국식 발음이 튀어나왔다. 영어 인터뷰에 대한 사전 안내는 없었기에 당황했다. 면접관이 교포라고는 했지만 선웅이 지원한 자리는 국내 업무였기에 당연히 한국어 면접으로 생각하고 있었다.

망. 했. 다.

거대한 징이 울리는 것처럼 선웅의 머릿속에 글자 세 개가 하나씩 차례로 떨어졌다.

아니, 이름이 애슐리잖아, 애슐리! 게다가 싱가포르에서 거주하고 있다가 최근에 합류했다는데, 당연히 외국인이라고 생각했어야지! 야이, 안선웅, 이 멍청한 놈아! …어떡하지? 창피하니까 그냥 노트북 덮개를 닫아 버려?

자신도 모르는 사이 고개가 푹 수그러졌다. 면접은 더 진행할 것도 없었다. 선웅의 영어 실력은 여행 회화 정도는 가능했지만 비즈니스 영어는 어림없었다.

"미스터 안? 아, 한쿡인! 크럼, 한쿡…말로 지냉-할가요?"

갑자기 번뜩 귀가 뚫렸다. 재빨리 고개를 들어 동그래진 눈으로 애슐리를 바라봤다. 그녀가 밝게 웃으며 대답을 기다리고 있었다.

"아, 네, 넵! 괘, 괜찮으시면요."

"다른 인터뷰이랑 헷…갈렸어. 제 바름 안 초은데 이해 부탁, 오케이?"

"오케이! 오케이!"

얼핏 자신보다 어려 보이는 애슐리가 짧게 말하는 게 거슬리긴 했지만, 지금 그건 문제가 아니었다. 영어로 안 해도 된다잖아. 아예 날릴 뻔했는데 이게 어디야? 자, 이제 정신 똑바로 차리자, 안선웅! 아자, 아자!

본격적으로 면접이 시작됐다. 어설픈 한국어로 질문하는 애슐리 덕분에 선웅은 오히려 자신감을 찾아갔다. 답변과 그다지 상관이 없는 어려운 단어와 한자어를 섞어가며 유창하게 말하는 것에 초점을 맞췄다. 애슐리의 부족한 한국어 실력을 철저히 이용해보겠다는 계산에서였다. 선웅의 전략이 먹혔는지 애슐리는 인터뷰 내내 고개를 끄덕이며 그의 답변을 경청했다.

"…오케이. 라스트 크웨스쳔. 미스터 안, 궁금한 거, 있어?"

"최종 합격 결과는 언제 받을 수 있을까요? 사실 제가 다른 곳에서도 제안을 받았는데, 조니프 때문에 결정을 미루고 있거든요."

당연히 그런 일은 없었다. 그저 자신의 가치를 조금이라도 높여 보이려는 장치이자, 하루라도 빨리 합격을 확정 짓겠다는 전략이었다.

"오! 역시 미스터 안, 능력자인가 봐요. 애즈 쑨 애즈 파써블, 연락드리겠습니다."

애슐리의 말투가 갑자기 존대로 바뀌었다.

역시 아쉬운 입장이 되니 입 짧던 소리가 없어지네? 외국물 먹어도 한국인은 어쩔 수 없다니깐, 큭. 이 정도라면 절대 잘못될 리 없다는 직감이 들었다. 기분 좋게 인터뷰를 마무리했다.

그날 밤, 선웅은 인생에서 꼽을 만한 단잠을 잤다. 간만에 꿈도 꾸었다. 꿈속에서 팀장은 피규어 상자를 열지 못해 안절부절못하다 엉엉 울기까지 했다. 그러다 선웅을 발견하곤 황급히 달려와 사과했다. 연신 허리를 굽실거리며 칭송을 늘어놓았다. "효율성이 최고야! 암, 최고지! 안 대리 짱! 안선웅 짱!"

현실의 선웅이 입을 헤 벌렸다. 고인 침이 흘러내려 베개를 축축하게 적셔도 선웅은 꿈에 취해 깨어나지 않았다.

다음 날 아침, 선웅은 안부를 전하는 척하며 애슐리에게 채용 과정의 분위기를 넌지시 묻는 메일을 보냈다. 애슐리는 간결하지만 명확한 문장을 담아 곧바로 회신했다.

'미스터 안이 합류할 가능성이 매우 큽니다.'

그날 오후 퇴근 직전, 선웅은 업무 시간 중 짬짬이 작성해두었던 전자결재 시스템의 사직서를 열었다. 퇴사 사유를 적는 칸에서 아주 잠깐 고민했지만 이내 키보드를 짧게 두드려 완성했다.

개인적인 사유.

그래, 이거면 됐지 뭘. Simple is the best! 이게 바로 효율적으로 퇴사에 임하는 나의 자세다! 으하하!

빠른 퇴사 확정을 위해 선웅은 곧바로 결재를 올렸다.

5

아니나 다를까, 그날 저녁 애슐리로부터 최종 합격 메일
이 도착했다.

'안선웅 님, 조니프 소프트 최종 합격을 축하드립니
다. 입사 절차를 위해 아래의 서류를…'

"으하하핫! 해냈다! 해냈어! 안선웅, 짱이다!"

잠옷 차림으로 메일을 확인한 선웅이 두 팔을 높이
들며 호쾌한 웃음을 터트렸다. 동시에 인상된 연봉으로
무얼 할지 행복한 고민을 시작했다.

차를 살까? 이렇게 좋은 회사로 이직하게 되었는
데 계속 대중교통으로 출퇴근을 하는 건 격에 맞지 않
잖아? 아, 아냐. 아예 조니프 소프트가 있는 삼성동 쪽
으로 이사를 가? 그것도 나쁘지 않지! 어차피 언젠가는
강남 입성을 하는 게 목표였으니까.

선웅에게 새로운 인생의 문이 열리고 있었다. 활짝,
아주 널찍하게.

그때 휴대폰에서 알림음이 울렸다. 회사 애플리케
이션에 중요 공지 메일이 수신되었다는 신호였다.

'[중요] 보안카드 업데이트 안내'

아, 뭐야. 주기적으로 하면 됐지, 뭘 또 추가 안내까지 보내? 비효율적이게.

지난주에 이미 업데이트를 한 데다 퇴사까지 결정한 선웅에게는 필요 없는 정보였다. 선웅은 고민하지 않고 전화기를 내려놓았다. 그러곤 다시 여윳돈에 관한 행복한 고민에 빠져들었다.

선웅의 사직서가 최종 결재 라인까지 올라갔다. 회사에서는 관례로 퇴사 면담을 진행했지만, 선웅의 입장이 확고하다는 것만 확인했을 뿐이다. 사직서는 승인되고 퇴사 일자가 확정됐다.

남은 휴가도 대략적인 날짜만 기안해 올리면 결재해주겠다는 팀장의 말에 선웅은 잔학한 미소를 주체할 수 없었다. 바로 그날 중 하루를 택해 다른 누구도 아닌 팀장을 물 먹일 계획이 준비되어 있었으니까.

6일 남은 휴가 중 5일은 잘 분배해 마지막 출근일이 목요일이 되게 만들고 마지막 휴가일은 금요일로 기안했다. 그렇게 하면 목요일에 팀 송별 회식이 있을 테고 선웅의 진짜 '마지막 출근'은 금요일 밤이 될 예정이었다.

이후엔 거칠 게 없이 흘러갔다. 최고의 회사로 옮길 생각을 하니, 선웅은 불만스러운 일이 생겨도 의연하게 넘길 수 있었다. 꼰대들도 퇴사가 확정된 그에게 더 이상 불편한 말을 하거나 트집을 잡지 않았다.

어이구, 진즉 이렇게 대해주셨으면 제가 더 열심히… 아니, 솔직히 열심히는 아니고 그나마 군소리 없이 다녔을 텐데요. 참으로 아쉽지만 이젠 너무 늦었네요! 하하핫!

회식 장소는 선웅이 즐겨 찾던 빈대떡집이었다. 들어온 지 한 시간도 채 되지 않아 팀장은 이미 불콰하게 취해 있었다. 두루뭉술해진 발음으로 했던 말을 되풀이하며 선웅에게 술을 따라주었다.

"자, 안 대리, 받아라, 받아! 그동안 서운했던 거 있으면 다 털어버리고. 이제 어디 가서 뭘 하든, 그래, 거기선 꼭 인정받아라, 어? 효오유울저억-으로다가!"

"앗! 팀장님, 막상 보내려니 아쉬우신가 봐요? 애정이 넘쳐서 잔도 마구 넘치네, 어, 어?"

옆자리에서 혜주가 하염없이 누운 맥주병을 급히 잡아 세우며 장난스럽게 말했다.

"으하하, 애정? 최 과장, 말은 비뚤어져도 입은 바로 하랬다. 애증이겠지, 애증! 암튼, 잘 가라! 안 대리, 마셔, 마셔!"

팀장은 선웅이 잔을 드는 건 확인하지도 않고 자신의 것을 들이켰다.

선웅은 말없이 입술만 축인 후 잔을 내려놓았다. 마지막 날이니 회사 비용으로 술을 진탕 마셔주고 싶었지만 아직은 그럴 때가 아니었다. 술에 취해 정신이 흐트러지기 전에 해야 할 일이 있었다. 계획을 실행하기 위한 마지막 준비물, 팀 동료의 사원증을 하나 훔쳐야 했다.

퇴사 절차를 마무리하면서 선웅의 사원증은 반납했다. 그러니 내일 밤 회사에 잠입하기 위해선 다른 사람의 보안카드가 필요했다. 출입 흔적을 위장할 수도 있으니 일석이조의 방법이었다. 그다지 아쉽지도 않은 사람들과의 회식 자리를 마다하지 않은 건 오로지 그걸 위해서였다. 그래서 선웅은 최대한 술을 자제하며 기회를 엿보고 있었다.

팀장은 역시나 꼰대스럽게 사원증을 목에 건 채였다. 저렇게 몸에 닿아 있는 것은 아무래도 훔치기가 힘드니 패스. 선웅은 소맥을 한 모금 들이켜면서 테이블에 둘러앉은 스무여 명의 사람들에게로 시선을 돌렸다. 남자 직원들 대부분은 팀장과 마찬가지로 사원증을 목에 걸고 있었다. 반대로 여직원들의 목에선 사원증이 보이지 않았다.

그래, 여직원 걸 훔치는 게 좋겠어. 아마 핸드백 같은 곳에 넣어뒀겠지?

"어? 과장님, 어디 가세요? 설마 도망가시는 거 아니죠? 안 대리님, 최 과장님 도망 못 가게 잡아요, 잡아!"

혜주가 자리에서 일어나려고 하자, 맞은편의 서 대리가 황급히 선웅을 향해 외쳤다. 혜주는 어이가 없다는 표정으로 서 대리를 돌아보며 말했다.

"엥? 아니야. 나 잠깐 화장실 가는 거야."

"근데 핸드백을 왜 들고 가요? 안 대리님, 최 과장님 핸드백 뺏어요, 뺏어!"

"서 대리도 참, 벌써 취한 거야? 알았다, 알았어. 자, 제 핸드백은 여기에 고이 모셔두고 가겠습니다. 됐습니까, 서 대리님?"

어이없어하면서도 즐거운 듯 호응한 혜주가 핸드백을 놓고 굽실대는 시늉까지 하면서 방을 나갔다. 선웅은 터져 나올 것 같은 웃음을 간신히 누르며 주변을 살폈다. 일이 되려니까 이렇게 또 풀리네? 흐흐흐.

최고의 인생 모토

서 대리의 관심은 이내 최 과장의 핸드백을 떠났다. 옆자리의 신입 직원에게 나름의 잔소리를 시전하며 '젊은 꼰대 짓'을 하느라 여념이 없었다.

선웅은 눈동자를 굴려 옆자리의 팀장도 확인했다. 휴대폰의 앨범을 열어 얼마 전 새로 산 피규어 사진을 건너편의 박 과장에게 자랑 중이었다. 박 과장은 마블 프랜차이즈 영화를 한 편도 안 본 사람으로 소문이 자자했다. 그런데도 관심이 있는 척 고개를 끄덕이며 상사를 응대하는 모습이 가소로웠다. 쯧쯧. 그래요, 당신들은 계속 그렇게 사십시오. 저는 다른 세상으로 가렵니다, 당신들의 세계와는 차원이 다른 어나더 레벨로!

아무도 혜주의 핸드백에 관심이 없다는 것을 확신한 선웅은 잔을 내려놓으며 그 위에 술을 슬쩍 흘렸다.

"아이고- 술이- 조금 흘러버렸네-! 닦아야겠네-?"

어색한 말투로 말한 후 냅킨으로 혜주의 핸드백을 닦기 시작했다. 슬쩍 주위를 다시 봤지만 여전히 시선조차 주는 사람도 없었다. 반쯤 열린 핸드백 지퍼 사이로 사원증의 초록색 목줄이 눈에 들어왔다. 입구를 닦는 척 손가락을 줄에 걸고 슬쩍 당겼다. 빠른 선웅의 손놀림에 혜주의 사원증이 그의 손아귀로 빨려들듯 들어왔다. 선웅은 재빨리 그걸 바지 주머니 안으로 밀어 넣는데 성공했다. 그때였다.

"왜 안 대리가 내 핸드백을 들고 있어?"

놀란 선웅이 급히 고개를 돌렸다. 혜주가 멀뚱한 표정으로 선웅을 주시하고 있었다.

봐, 봤나? 봤을까?!

선웅은 침을 꿀꺽 삼킨 채 굳어버렸다. 하지만 이내 정신을 차리고 허둥지둥 입을 열었다.

"아, 제, 제가 술을 좀 엎질러서요. 다, 닦느라…."

"뭐어?! 야아, 안 대리! 이거 진짜 가죽이란 말이야! 으잇!"

혜주가 선웅에게서 핸드백을 낚아채더니 이리저리 자세히 살폈다. 검은 가죽인 데다 술을 많이 흘린 건 아니어서 얼룩은 거의 보이지 않았다.

"조, 조금, 진짜 조금이었고 제가 바로 닦아서 괜찮을 거예요!"

선웅은 혜주가 핸드백 안까지 살필까 싶어 황급히 설명을 덧붙였다. 혜주는 핸드백을 천장의 전등 가까이 들어 올려 표면을 꼼꼼히 살피고 나서야 안심한 듯 말했다.

"안 대리, 퇴사하는 날 명줄 끊길 뻔한 거 알아? 이거 내가 진짜 아끼는 가방이라고. 하여간 자기가 운은

최고의 인생 모토

참 좋아, 그치?"

"아, 아하하하. 그, 그러네요. 과장님, 자, 한잔하세요."

선웅이 재빨리 술을 권했다. 혜주가 바로 자리를 잡곤 격하게 잔을 부딪쳤다. 그대로 원샷을 하곤 만족스러운 듯 감탄사를 내뱉었다.

"캬아! 좋다!"

오, 아줌마 오늘 술 좀 받으시나 보네. 뭐, 나도 소기의 목적을 완료했으니, 이제 제대로 부어볼까.

선웅도 잔을 한 번에 비웠다. 빈 잔에 다시 소주와 맥주를 채운 후 숟가락을 세게 내리꽂았다. 거칠게 일어난 하얀 거품이 내일 밤을 기다리는 선웅의 음흉한 마음처럼 회오리를 일으키며 솟구쳤다.

6

드디어 그토록 고대하던 순간이 왔다.

금요일 밤 11시가 조금 넘은 시각, 하늘을 가득 채운 구름이 평소보다 더욱 어둑한 거리를 만들었다.

회사 인근에 도착한 선웅은 방범 카메라의 사각지대를 찾아 골목길 모퉁이에 몸을 숨겼다. 잠시 후 고개를 빼꼼 내밀어 회사와 그 주변을 확인했다. 전등이 모두 소등된 건물은 어둠 그 자체였다. 거리를 돌아다니는 주민도 보이지 않았다.

좋았어, 슬슬 움직여볼까.

선웅은 들고 온 커다란 짐가방을 바닥에 내려놓은 뒤 옷을 꺼내 입기 시작했다. 건물 출입 시엔 최 과장의 보안카드를 사용해 기록을 위장할 작정이지만, 내부 CCTV의 전원을 끄기 전까진 선웅의 모습이 녹화될 수밖에 없었다. 복면과 모자를 준비했지만 얼굴을 감추는 것만으론 부족하다고 판단하고 몸까지 위장하기 위해 옷을 많이 껴입는 아이디어를 생각해냈다.

이렇게 입으면 팀원들이 영상을 보더라도 나인 줄 절대 상상도 못할걸? 게다가 어디서 보니까 걸음걸이만으로도 용의자를 찾아내더라고? 그래서 걸음도 바꾸려고 지압 슬리퍼까지 챙겨왔다는 거 아니겠어? 하아, 안선웅, 너란 인간은 효율적인 데다 철저하기까지 해? 완벽하게도? 후후후.

선웅은 위로 다섯 벌, 아래로 세 벌씩 옷을 껴입었다. 눈만 뚫린 스키마스크를 얼굴에 뒤집어쓰고 지압 슬리퍼도 신었다. 마지막으로 지문을 남기지 않기 위해 목공용 장갑까지 착용했다. 모든 준비를 마친 선웅은 스키마스크 아래에서 회심의 미소를 지었다.

시뮬레이션으로 상상했던 것보다 훨씬 많이 긴장됐다. 지압 슬리퍼를 신고 어기적어기적 회사 정문을 향해 걸어가면서 왜 이렇게까지 해야 하나 잠시 자괴감이 들었지만, 곧바로 팀장이 한심하다는 표정으로 소리치던 모습을 떠올렸다.

'일을 했으면 만족할 만한 결과물이 나와야지, 적게 일하고 아무것도 없으면 그게 다 무슨 소용이야!'

그래, 기왕에 시작했는데 만족할 만한 결과물은 보고 끝내야지. 너무 비효율적이긴 하지만, 네, 팀장님, 말씀하신 대로 성과는 봐야죠, 아무렴요!

선웅은 어금니를 악물며 걸음을 옮겼다. 어느새 다

다른 입구에서 보안카드를 찍은 후 재빨리 문을 열고 건물 안으로 들어섰다. 건물 내부 불은 꺼져 있었지만 1층 앞면이 통유리로 된 덕에 가로등 불빛이 안쪽까지 들어와 시야 확보에 불편함은 없었다.

가장 먼저 해야 할 일은 CCTV를 끄는 것이라 곧장 제어실이 있는 지하로 내려갔다. 혹시 몰라 엘리베이터는 타지 않았다. 계단의 전등도 켜지 않고 휴대폰의 플래시 기능을 사용했다. 지압 슬리퍼 때문에 발이 아파 빠르게 움직일 수 없는 게 가장 큰 애로사항이었다.

아우, 발바닥 아파. 카메라만 끄면 그냥 맨발로 다녀야겠어. 신발은 챙겨올걸, 시뮬레이션에서 이걸 놓쳤네, 쥔!

CCTV 제어실에 들어서자 회색빛의 작은 모니터들이 여러 대 보였다. 그런데 그새 겹겹이 껴입은 옷 때문에 땀이 배어 나오기 시작했다. 시간을 끌면 어딘가에 DNA를 남길지도 모른단 생각에 선웅은 서둘러 영상 저장 장치의 전원을 모조리 내렸다. 모니터 속 회색빛 화면들이 빠르게 검게 바뀌었다.

선웅은 화면이 모두 꺼진 것을 확인한 후 곧장 슬리퍼를 벗어 들었다. 빨라진 발걸음으로 제어실을 나와 구석의 쓰레기장에 슬리퍼를 던졌다. 훨씬 편해진 걸음

최고의 인생 모토

덕에 둔해진 몸은 신경조차 쓰이지 않았다. 그대로 계단을 향해 몸을 돌린 후 어제까지 자신이 일하던, 그리고 목표물이 기다리고 있을 3층 사무실로 냅다 뛰어 올라갔다. 무거운 옷에 쉬지도 않고 계단을 오르다 보니 사무실 앞에 도착했을 땐 가쁘게 숨을 몰아쉬어야 했다.

잠시 숨을 고르면서 선웅은 오른손으로 주머니 속 미리 준비해두었던 물건을 확인했다. 나무 이쑤시개를 서른 개쯤 신문지 조각에 싸서 넣어둔 것이었다. 그 뭉치를 주머니에서 꺼내 손에 쥐었다.

'야, 선웅아, 꼴 보기 싫은 인간 엿 먹이는 가장 가성비 좋은 방법이 뭔 줄 알아? 바로 이 나무 이쑤시개를 이용하는 거야. 엿 먹이고 싶은 인간의 자동차 열쇠 구멍에 이걸 일단 꽂아. 그러곤 바짝 붙여서 분질러버리는 거지. 이게 웬만해선 빠지지가 않아, 아니, 못 빼! 결국 고치려면 차 문짝을 통째로 갈아야 된다? 돈 엄청 깨지는 거지! 어때? 이게 바로 네가 좋아할 만한 효율적으로 엿 먹이는 방법 아니냐?'

어릴 때 동네에서 좀 놀던 친구가 술자리에서 해준 말이었다. 하지만 요즘 차는 리모컨으로 작동하니 그 방법으로 차를 고장 내는 건 불가능하다. 그런데 선웅의 계획엔 다른 열쇠 구멍이 있지 않은가. 바로 팀장이 애지중지하는 피규어들을 보관한 아크릴 상자의 잠금쇠. 이쑤시개와 두께도 딱 맞아떨어지는 운명과도 같은 그 열쇠 구멍이.

선웅은 오늘 그곳에 이쑤시개를 모조리 박아버릴 생각이었다.

마지막 숨을 내쉬는 선웅의 입술이 전율로 떨렸다. 숨이 편안해지자 조심스레 사무실로 들어섰다. 적막과 고요, 그리고 달빛이 그를 맞았다. 아까까지만 해도 하늘을 가득 채웠던 구름이 달 주위로 모두 흩어진 채였다. 보름인 덕에 휘영청 밝은 달빛만으로도 사무실은 환했다. 모든 상황과 조건들이 선웅의 복수를 위해 준비되어 있었다.

선웅의 시선이 팀장의 책상으로 향했다. 나란히 줄지어 선 아크릴 상자가 달빛을 받아 빛나고 있었다. 천천히 그쪽으로 걸음을 옮겨 다가갔다.

선웅은 결연한 표정으로 무협 소설에서 천하제일 검수가 칼을 꺼내듯 신문지에 쌌던 이쑤시개 하나를 비장하게 뽑아 들었다. 눈꼬리가 야릇하게 비틀렸다. 미소 혹은 비웃음을 띤 채 아크릴 상자 속 피규어들을 차례차례 노려봤다. 그들의 얼굴이 모두 팀장의 얼굴로 보였다. 앞으로 닥칠 일이 두려워 겁을 먹은 표정이었다.

선웅은 이쑤시개를 높이 치켜들더니 차갑게 가라앉은 눈으로 작업을 시작했다.

찌르고.

바짝, 부러뜨린다.

찌르고. 바짝 부러뜨린다.

찌르고 바짝 부러뜨린다. 찌르고 바짝 부러뜨린다! 찌르고 바짝 부러뜨린다!!

"흐흐흐흐. 키키키키키키킥."

선웅의 입에서 흘러나온 괴이한 웃음이 이쑤시개 부러지는 소리와 함께 사무실을 채웠다.

이번 일이 비효율적인 선택이었다는 건 부정할 수 없었다. 하지만 모든 걸 마치고 1층으로 내려온 선웅의 가슴엔 만족감이 가득했다. 거슬리는 건 단 하나, 껴입은 옷 때문에 땀으로 범벅된 몸이었지만 그건 밖으로 나가 벗으면 해결될 문제였다.

건물 입구에 선 선웅은 스키마스크로 감춘 얼굴에

웃음을 가득 올린 채 보안카드 리더기에 최 과장의 사원증을 가져다댔다.

삐-.

삐? 원래 이 소리였나? 딩동, 아니었나? 선웅은 고개를 갸우뚱하며 문을 밀어보았지만 움직이지 않았다.

뭐야, 어떻게 된 거야? 분명히 들어올 땐 문제가 없었잖아?! 눈이 휘둥그레진 선웅이 다시 카드를 같은 자리에 댔다.

삐-.

머릿속이 온통 새하얘졌다. 어떻게 된 거야? 뭐가, 뭐가 바뀐 거지?

순간 전에 받았던 공지 메일이 떠올랐다.

'[중요] 보안카드 업데이트 안내.'

재빨리 휴대폰을 꺼내 회사 애플리케이션을 열었다. 퇴사 처리가 마무리되어서 접속이 막혔을까 우려했지만, 다행히 퇴사 일자는 이번 주 일요일로 맞춰져 있었다. 곧바로 메일을 열었다.

'토요일(28일) OO시를 기점으로 기존에 2주마다

재설정하던 보안카드 운영 방침을 폐하며 보안 시스템 업그레이드 작업이 진행됩니다.

전 직원에게는 신규 사원증이 발급되며 월요일(30일) 출근 시 배포합니다.

신규 사원증은 매번 데이터를 재설정할 필요없이 RFID로….'

선웅은 거기까지 읽고 다급히 시간을 확인했다. 12시 5분. 5분 차이로 건물에 갇혀버린 것이다.

제길! 왜 내가 다닐 땐 그 번거로운 짓을 계속하더니, 하필 이 날짜에 시스템을 바꾸고 난리냐고!

신경질이 나서 발을 마구 굴렀다. 신발을 신지 않은 맨발바닥에 통증이 고스란히 느껴졌다. 한참을 그렇게 분을 못 이겨 날뛰다가 현실을 직시하고 멈췄다. 어쩔 수 없이 밖으로 나갈 다른 방법을 찾아야 했다.

선웅은 그때부터 온 건물을 헤집고 다녔다. 낮은 층의 계단 창은 크기가 작아서 머리도 들이밀 수 없었다. 큰 창문이 있는 곳들은 모두 높은 층이라 바닥에 떨어져 어디 한군데 부러질 각오를 하지 않고는 엄두도 낼 수 없었다. 옥상도 마찬가지였다. 지하 주차장 출입구도 확인해봤지만 보안카드로 막혀 셔터가 올라가지 않았다. 그렇게 한참 동안 바삐 움직였으나 건물의 모든 출구가 막혔다는 사실만 확인했을 뿐이었다. 시간은 어느새 새벽 5시를 넘어가고 있었다.

곧 해가 뜰 텐데, 이 상태로 주말 내내 갇혀 있어야 한다고? 아니지, 월요일에 사람들이 출근해도 문제잖아?!

이상한 옷차림과 몰골은 어떻게 처리해본다고 해도, 퇴사한 선웅이 최 과장의 사원증으로 몰래 들어와 갇혔다는 것은 어떠한 변명으로도 설명되지 않을 일이다. 자연스레 피규어 상자에 한 짓까지 몽땅 들통 날 판이었다.

안 돼, 안 된다고! 안선웅, 이 일을 어떻게 해결할 거야? 어떻게 해야 하냐고?!

선웅은 양손으로 머리를 감싸쥔 채 도리질을 쳤다. 1층 로비 안쪽에서 빠르게 좌우로 걸음을 옮겨대며 고민에 빠져들었다. 하지만 묘수는 떠오르지 않았고 바깥의 어둠은 빠른 속도로 걷히고 있었다. 선웅의 마음은 점점 더 조급해졌다. 자신도 모르게 목공용 장갑의 끄트머리를 잘근잘근 씹었다. 방법을 생각해, 생각해내라고! 더 늦어지면 안 되잖아. 지금쯤엔 나가야 한다고!

"으아아악!"

결국 짜증 섞인 소리를 내지르며 로비에 있던 의자를 발로 찼다. 의자는 쓰러져 그대로 입구까지 미끄러졌다. 통유리로 된 창에 쩽한 충격음까지 내고서야 멈췄다. 그런데 그걸 본 선웅이 뭔가를 떠올린 듯, 쓰러진 의자와 통유리창, 그리고 자신의 몸을 차례로 바라봤다. 이내 주먹을 불끈 쥐었다.

몸으로 뚫자! 좀 무모하긴 하지만 어쩔 수 없어. 옷을 많이 껴입었으니까 유리 파편에 다칠 일은 없을 거야!

곧바로 로비 가장 안쪽으로 걸어갔다. 도움닫기를 하기 위해선 거리가 필요하니까 거기서부터 달려 창으로 몸을 던질 생각이었다. 후우후우. 선웅이 통유리창에 눈을 고정하곤 숨을 가다듬었다. 간닷!

선웅이 안간힘을 내어 달렸다. 하지만 껴입은 옷 때문에 제 속도를 내지 못하고 몸이 뒤뚱거렸다. 젠장, 좀 벗을걸 그랬나? 아니야, 덜 다치려면 그래도 이게 나을….

쿵!

생각이 더 진전되기도 전에 유리창을 박았다. 하지만 유리는 조금 흔들리기만 했을 뿐, 선웅의 몸만 달려왔던 방향으로 그대로 튕겼다. 퍽 소리를 내며 바닥에 떨어졌다.

"으윽…. 씨팔! 존나 아프네."

영화에서는 주인공이 유리창이든 벽이든 잘도 뚫고 나가더니만, 선웅의 현실에선 불가능한 모양이었다. 유리창보다 바닥에 부딪혔을 때가 더 아프기까지 했다. 선웅은 통증을 참으며 겨우 자리에서 일어섰다. 그 사이 바깥은 더 밝아져 있었다. 아, 안 돼! 아직은 안 된다고!

선웅은 절망적인 눈빛으로 다급히 주위를 둘러보았다. 유리창 앞에 아까 자신이 발로 찼던 의자가 보였다. 사각 모서리가 있는 의자 다리에 시선이 꽂혔다. 그래, 저걸로 먼저 깨자! 뾰족한 모서리로 일단 유리에 금이 가게 한 다음, 몸으로 충격을 가하면 뚫리겠지! 뚫려야 해!

곧바로 의자를 들어 다리가 유리창으로 향하게 냅다 던졌다. 지지직. 예상이 적중했다. 역시 인간은 머리를 써야 해. 진즉 이렇게 할걸.

눈에 생기가 돌아온 선웅이 튕겨 나온 의자를 집어들었다. 다시 다리 모서리로 금이 간 중심에 맞춰 세게 내리쳤다. 뿌지직! 다리 끝이 유리창에 꽂히며 굵은 금이 사방으로 뻗어나갔다. 그런데 그 즉시 예상치 못한 소리가 건물 전체를 울리기 시작했다.

뚜뚜뚜뚜뚜-!

최고의 인생 모토

경비 알람이었다.

"뭐, 뭐야? 이런 것도 설치되어 있었어? 아, 씨팔, 좆까!!!"

더 이상 생각할 것도 없었다. 선웅은 유리창에 꽂혀 있던 의자를 뽑아 구석으로 내던졌다. 보안업체가 문제가 아니었다. 저 요란한 소리 때문에 동네 사람들이 건물로 몰려오게 생겼으니 한시라도 빨리 이곳을 나가야 했다. 스키마스크로 감싸인 선웅의 눈이 유리창의 작은 구멍을 날카롭게 응시했다.

이번엔 될 거야! 돼야 해!

그 순간, 작은 구멍 너머로 보이는 신호등이 막 파란불로 바뀌었다. 건널목을 건너 지하철까지 곧장 뛰어가라는 하늘의 신호처럼 느껴졌다. 오케이, 지금이야!

선웅이 양팔로 얼굴을 가린 채 유리창으로 몸을 날렸다. 와장창! 유리가 박살 나면서 선웅의 몸이 건물 밖으로 튀어 나갔다. 선웅은 바닥에 떨어지는 충격을 완화하기 위해 그대로 몸을 앞으로 굴렸다. 가속도가 붙은 몸은 서너 바퀴를 구르고 나서야 멈췄다.

재빨리 고개를 들어 자신의 위치를 확인했다. 건널목의 3분의 1 지점. 경비 알람은 등 뒤에서 여전히 요란하게 울리고 있었다. 선웅은 자리에서 벌떡 일어나 앞으로 내달렸다. 길을 다 건너고도 달리기를 멈추지 않았다. 그대로 지하철역을 향해 뒤도 돌아보지 않고 뛰었다.

나왔다! 빠져나오는 데 성공했어! 해냈어! 내가 해냈다고! 으하하하하!

신호등 차선에서 환경미화 차량을 대기시키고 있던 미화원이 사건을 목격했지만, 그 기묘한 상황을 한 번에 이해하기란 쉽지 않았다. 신호가 바뀐 후에도 한참 동안 자신이 방금 본 게 어떤 상황인지 차근히 되짚어보았다.

불 꺼진 건물에서 갑자기 유리창을 깨고 사람 하나가 튀어나왔다. 한겨울의 노숙자처럼 겹겹이 옷을 껴입고 있었다. 스키마스크로 얼굴까지 가린 채 바닥을 데굴데굴 굴러 건널목 가운데까지 오더니, 갑자기 일어나서 뒤뚱거리며 사라졌다. 얼핏 봐서는 신발도 신지 않은 것 같았다.

미화원은 자신이 요즘 체력이 많이 떨어져 잠시 헛것을 본 게 아닌가도 생각했다. 하지만 건물에서 울리는 경보음에 심상치 않은 일임을 깨달았다. 뒤늦게 정신을 차리고 다급히 112에 신고했다.

최고의 인생 모토

혹시나 추궁하는 연락이 올까, 선웅은 주말 내내 냉가슴 앓듯 했다. 하지만 아무런 소식이 없었다. 팀 단톡방에선 목요일 회식을 끝으로 팀장이 선웅을 내보냈기 때문에 그쪽으로의 확인도 불가했다.

아무것도 못 알아냈으니까 연락이 안 오는 거겠지? 그래, 침입자가 나라는 걸 알아챌 근거는 전혀 남기지 않았잖아?

골목길에 가방을 두고 온 게 조금 걸리긴 했지만 거기에도 어차피 선웅을 특정할 물건은 없었다.

됐어, 됐어, 끝났어! 연락 없는 거 보니까, 깔끔하게 성공한 거야!

침대에 발라당 누우며 마음을 정리했다. 건물에 침입자가 있었지만 다른 손괴나 탈취는 확인되지 않았을 테니 그냥 이상한 일이라고만 생각할 것이다. 팀장이 아크릴 상자의 테러를 확인하고 멘붕에 빠지는 것도 다음 달 둘째 월요일이나 되어야 할 테니까. 결론을 내린 선웅이 편안한 마음으로 시간을 확인했다. 밤 10시.

내일은 드디어 조니프 소프트로 출근하는 첫날이었다. 일반적인 상황이었다면 출근 일자를 최대한 미루며 휴식하는 시간을 늘렸겠지만 이번엔 달랐다. 그 대단한 회사로 출근하는 모습을 세상 사람들에게 빨리 보여주고 싶었다. 그래서 애슐리에게 부탁해 오히려 날짜를 당겼다.

훌륭한 인재라고 생각했겠지? 후후후.

잠잘 준비를 위해 욕실로 간 선웅은 거울에 비친 자신을 마주 봤다. 스스로가 너무도 자랑스러웠다. 이를 닦다 말고 씨익 웃었다. 하얀 거품이 낀 치아가 반짝반짝 빛이 났다. 출근이 이렇게까지 기다려지는 건 신입으로 첫 출근을 한 날 이후 처음이었다.

7

첫날이라 9시에 맞춰 삼성역 무역센터에 도착했다. 선웅은 건물에 들어서며 조니프 소프트에서도 유연근무를 요청해야겠다고 결심했다. 이 시간에 2호선을 타고 강남을 지나는 것은 정말이지 끔찍한 경험이었다. 지하철에서 사람들에게 눌려 구겨진 재킷의 깃을 손바닥으로 다리며 선웅이 안내대를 향해 가벼운 걸음으로 다가갔다.

"안녕하십니까. 어떻게 오셨습니까?"

안내하는 여성이 다소곳하게 용건을 물었다. 선웅은 얼굴 근육을 최대로 사용한 미소를 만들어 보이며 대답했다.

"안녕하세요! 조니프 소프트에 새로 출근하게 된 안선웅이라고 합니다."

"아? 조니프 소프트요? 잠시…만요."

여성이 살짝 당황한 듯 앞에 놓인 매뉴얼을 황급히 확인했다. 선웅은 기다리지 않고 곧장 말을 덧붙였다.

"조니프 소프트의 COO인 애슐리 정이 방문 등록을 해놨을 겁니다."

"죄송해요. 제가 온 지 얼마 되지 않아서. 잠시만 기다려주시면 바로 확인하고 안내해드리겠습니다!"

선웅은 고개를 끄덕이며 미소를 지었지만 속으론 다른 생각을 했다. 어딜 가나 초짜들은 비효율적이야, 쯧.

하지만 수 초가 흘러도 여성은 계속 무언가를 확인할 뿐 진척이 없었다. 선웅의 얼굴에 차츰 짜증이 자리 잡으려 할 때 여성이 조심스럽게 말문을 열었다.

"죄송한데, 이 건물에 사무실이 있는 게 맞을까요?"

쯧. 선웅이 소리가 나도록 혀를 차더니 대답 없이 휴대폰을 꺼냈다. 애슐리의 메일 서명란에 쓰인 회사명과 주소를 여성에게 보여주며 한심하다는 투로 말했다.

"여기 주소 맞잖습니까? 아가씨가 신입이라 잘 모르는 것 같은데, 다른 선임분은 없어요?"

"아, 주소는 여기가 맞네요. 이상하다⋯."

"무슨 일입니까?"

새로운 여성의 목소리가 끼어들었다. 안내대의 여성이 구세주를 만난 듯 반가운 목소리로 설명했다.

"아, 매니저님. 이분이 말씀하시는 입주사가 확인이 안 되어서요."

"죄송합니다. 제가 확인해보겠습니다."

고개를 숙여 사과를 건네는 매니저에게 선웅은 말없이 거만한 몸짓으로 휴대폰을 넘겨주었다. 그런데 매니저라는 여자는 휴대폰 화면을 확인하고도 단호히 고개를 저으며 말했다.

"조니프 소프트는 저희 건물에 입주한 회사가 아닙니다. 혹시 잘못 알고 오신 건 아닐까요?"

"허, 쓸데없이 시간 낭비하게 만드시네, 진짜! 아니, 이보세요, 맡은 업무가 이런 쪽이면 입주사 정도는 어깨만 툭 쳐도 줄줄 나와야 하는 거 아닙니까?"

선웅이 대놓고 기가 찬다는 투로 목소리를 높였다. 매니저는 그런 선웅의 태도에도 전혀 기죽지 않은 듯 여전히 냉철한 표정으로 응대했다.

"맞습니다. 그러니까 자신 있게 말씀드리는 겁니다. 조니프 소프트라면 IT 업계에서 꽤 유명한 스타트업 아닌가요? 제가 알기론 본사가 파주에 소재한 곳입니다. 여기는 서울 삼성동이고요."

매니저의 말에 선웅의 눈빛이 흔들렸다. 동시에 처음 그를 맞았던 여성이 손뼉을 치며 반사적으로 외쳤다.

"어머, 이거 혹시 그, 신종 사기, 그거 아닐까요?"

"음? 무슨 말입니까?"

매니저가 여성을 돌아보며 물었다. 선웅도 영문 모르는 표정으로 그녀를 바라봤다.

"얼마 전 뉴스에서 봤는데요, 취업이 힘든 청년 구직자들에게 회사를 사칭해서 채용됐다고 사기를 치는 곳이 있대요. 그렇게 입사 서류를 받아 개인정보를 알아내서는 그걸로…. 어머, 진짜 그건가 봐요! 세상에, 이분 어떡…?"

여성이 말을 줄이며 안타까운 눈길로 선웅을 바라봤다. 선웅이 곧바로 펄쩍 뛰며 반박했다.

"무, 무슨 말이에요?! 아니, 이 여자들이 진짜, 자기들 일도 제대로 못하면서 지금 뭐라고 지껄이는…!"

말도 안 되는 소리였다. 사기라고? 내가 싱가포르에 있는 애슐리와 화상 면접까지 진행했는데 그럴 리가 없잖아!

"어머, 보세요! 회사 스펠링 사이에 원래는 하이픈이 없어요!"

여성이 자신의 휴대폰으로 찾은 조니프 소프트의 홈페이지를 선웅에게 내보였다.

선웅은 경악에 찬 눈으로 재빨리 두 개의 주소를 비교했다. 여성이 내민 홈페이지의 주소는 JonifSoft.com이었고 메일에 쓰인 홈페이지의 주소는 Jonif-Soft.com이었다.

휴대폰을 들고 있던 선웅의 왼손이 덜덜덜 떨리기 시작했다. 순식간에 머릿속이 혼미해졌다. 안 돼, 안선웅! 정신 차려!

선웅이 머리를 부르르 흔들었다. 곧장 오른 집게손가락을 세워 떨리는 손끝으로 애슐리의 메일 서명란 홈페이지 주소를 조심스레 터치했다.

'404. 페이지를 찾을 수 없습니다.'

뭐어…?

즉시 새로 고침을 눌렀다. 그러나 페이지의 메시지는 변함이 없었다.

선웅은 '심장이 내려앉는다'는 표현이 실재할 거라고 믿지 않았다. 하지만 방금 그 느낌을 오롯이 경험했다. 그리고 아이러니하게도 그의 머리는 어느 때보다도 빠르게 돌기 시작했다. 의심스러운 정황들이 카드섹션처럼 머릿속에서 후루룩 넘어갔다.

선웅이 먼저 조니프 소프트에 연락한 게 아니었다. 처음부터 그쪽에서 이메일로 접촉을 해왔고 선웅은 그들이 제공한 이력서 폼(가짜 홈페이지였던 건가!)에 의심 없이 자신의 정보를 몽땅 입력했다. 면접도 그들이 보낸 링크를 통해 진행했다. 모두 비대면이었고 심지어 인사팀과의 전화 면담도 없이 모든 걸 애슐리(COO라는 사람이 인사서류 접수까지?!)와만 협의하고 합격도 그녀에게서 통보받았다.

설마… 정말로…? 아니, 잠깐! 전화, 전화번호가 있잖아! 그래, 애슐리는 싱가포르에 거주하니까 한국 주소를 잘못 적을 수도 있는 거 아냐? 바로 그거야! 그 여자가 실수했네, 실수했어!

얼른 애슐리의 메일 서명란에 적혀 있는 전화번호를 확인했다. 싱가포르 국가 번호가 붙어 있었지만 상관없었다. 선웅은 침을 꿀꺽 삼킨 후 전화번호를 터치했다. 휴대폰에 연이어 뜬 통화 연결 버튼도 눌렀다. 당연히 애슐리의 목소리가 들려올 걸로 예상하면서도 일말의 불안감 때문에 전화기를 귀로 가져가지 못한 채 망설였다. 그때 낭랑한 여성의 목소리가 스피커를 통해 흘러나왔다. 그렇지!

선웅은 안도의 한숨을 내쉬며 다급히 전화에 대고 외쳤다.

"헤, 헬로…!"

"…번호는 없는 번호…."

청천벽력과도 같은 안내 멘트에 선웅의 심장은 이제 내려앉다 못해 바닥 깊숙한 곳까지 떨어졌다. 전화기를 쥔 손도 아래로 축 늘어져버렸다.

평생 효율적인 인생을 쌓아오던 선웅의 미래가 깔

끔하게 무너진 순간이었다.

　효율적으로. 한 방에.

같은 시각, 혜주는 옥상 난간에 기댄 채 누군가와 통화
중이었다. 막대사탕을 입안에서 굴리며 한껏 눈웃음을
짓고 있었다.

　"근데 너무 한 거 아니야? 이렇게까지 할 필요가
있었어?"

　전화기 너머에서 혜주의 친구가 물었다. 영어 이름
으로 애슐리를 사용하는 그녀는 혜주의 고등학교 동창
이자 미국 보스턴에서 일하는 IT 프로그래머였다.

　"응? 왜? 안선웅이 불쌍해?"

　"아니, 그게 아니라. 걔 하나 혼쭐낸다고 들어간 우
리 시간이나 노력이 아까워서 그렇지. …근데 면접 진행
할 때 보니까 애가 진짜 재수 없긴 하더라. 사실 그래서
나도 일부러 한국말 서툰 척 말을 짧게 하긴 했어, 호호
호."

　"잘했어! 얘가 지 혼자 잘난 줄 알아서 조언을 해
줘도 귓등으로도 듣질 않더라고. 그런 애들은 호되게
당해봐야 고치잖아, 너도 알지?"

　"어쨌든, 일 못하는 애 하나 내보내려고 너도 참 대

단하다. 그래도 가짜 홈페이지나 만들기엔 내가 너무 고급 인력이었던 거 알지? 최혜주, 반성해!"

"재밌잖아, 아하하!"

"하여간 옛날부터 그저 재미로 별일을 다 벌이더니. 하지만 이번엔 나도 인정! 즐거웠다!"

"하하하, 그치? 암튼, 너 한국은 언제 들어와? 거하게 밥 한번 살게. 아니지, 고기 살게! 우리 고급 인력 분께는 응당 고기를 대접해드려야지!"

혜주는 애슐리와 소소한 이야기를 마저 나눈 후 통화를 마쳤다. 수다를 떠는 동안 입안의 사탕은 모두 사라지고 막대기만 남았다.

휴지통을 향해 마주 선 혜주가 한쪽 눈을 감고 다트 게임을 하듯 막대를 휙 던졌다. 가볍게 공중을 가른 막대는 휴지통의 정중앙으로 빨려 들어가듯 모습을 감췄다. 혜주가 만족스러운 미소를 지으며 혼잣말로 중얼거렸다.

"우리 안 대리, 그 인생 모토를 계속 유지하시려나?"

몸을 돌려 출구로 걸음을 옮기는 혜주의 얼굴에 장난기 가득한 웃음이 터질 듯 꿈틀거렸다. 어쩌면 이 모든 일은 두 사람의 인생 모토 때문에 일어난 걸지도 모른다.

선웅의 인생 모토는 '효율', 혜주의 인생 모토는 '재미'였다.

자라지 않는 아이

여자는 희미한 눈으로 자신을 바라보는 아이와 겨우 눈을 맞춘다. 숨이 점점 잦아든다.

아이가 멀뚱히 자신을 바라보자, 여자는 손을 뻗어 아이의 머리를 어루만진다.

아이의 눈이 동그랗게 커진다.

여자의 눈에 눈물이 찬다.

†

"안 돼! 재취 자리라니? 결혼을 안 시키면 안 시켰지, 안 된다. 나는 허락 못한다!"

여자가 결혼 계획을 알리자, 그녀의 어머니는 곧바로 뒤로 돌아앉으며 격앙된 목소리로 소리쳤다.

여자는 알고 있었다. 이건 그저 집안의 생계를 책임지던 여자가 결혼해 나가버리면 어머니의 삶이 막막해지기 때문이라는 걸. 여자를 아끼는 척 핑계를 댔지만 결국 돈줄을 잃기 싫어서라는 걸. 어머니가 진정으로 여자를 아꼈다면 동생들을 핑계로 대학 진학을 막지도 않았을 것이고 야근을 부추겨 건강을 상하게 만들지도 않았을 거였다.

여자도 처음엔 가족을 위해 희생하는 게 당연하다

자라지 않는 아이

고 생각했다. 자신만의 안위를 좇는 건 욕심이라 생각했
다. 공장에서 기숙 생활을 하며 사이버 대학을 다니는
게 그나마 여자가 선택할 수 있는 괜찮은 인생이었다.
그렇게 10년을 가족을 위해 살았다. 그러나 이제는 벗
어나고 싶었다. 여자에게 다른 삶을, 언젠가 꿈꿨던 미
래를 만들어줄 수 있는 사람이 나타났으니까.

　몇 달 전 공장의 주임으로 온 남자였다. 편안하고
사람 좋아 보이는 미소를 가진 그는 배려심이 많았으며
무엇보다 여자에게 잘해줬다. 인스턴트커피 하나를 타
줄 때도 물을 많이 섞는 여자의 취향을 기억해두었다가
만들어주곤 했다. 여자는 처음으로 자신을 살뜰히 챙겨
주는 남자에게 자연스럽게 빠져들었다. 한번도 기댈 수
있는 존재들이 아니었던 이름뿐인 가족을 떠나 의지할
수 있는 그에게로 가고 싶었다.

　여자는 등을 돌린 어머니에게 담담하게 말했다. 남
자를 사랑한다고. 그와 있으면 행복하다고.

　"미친년! 남들이 그럴 거야, 남편 일찍 잡아먹은 년
이라 딸도 그런 자리 보낸다고! 지금 니가 하려는 거,
그거, 나 욕 먹이는 짓거리야!"

　당신은 미처 깨닫지 못했지만, 어머니는 딸이 처음
으로 사랑하는 사람이 생겼다는 사실보다, 딸의 감정보

다, 인생보다, 당신에 대한 남들의 이목이 중요한 사람이라는 걸 고백한 셈이었다.

　여자는 아무런 말도 하지 않았다. 조용히 자리에서 일어나 동생과 함께 쓰는 방으로 갔다. 작은 가방에 짐을 싸기 시작했다. 물건들 대부분이 가족을 위한 것이었으니 여자가 챙길 것은 옷가지 몇 벌과 얼마 전 남자에게서 선물 받은 목걸이 하나뿐이었다. 그대로 집을 나와 남자에게로 갔다.

　늦은 밤 연락도 없이 찾아온 여자의 방문에 남자는 채 말리지 못한 머리카락의 물기를 손으로 훔쳐내며 문을 열었다. 동그랗게 뜬 눈으로 자신 앞에 힘없이 마주 선 여자를 바라봤다. 여자는 곧 울음이 터질 것 같은 표정으로 뭔가를 말하려고 했지만 차마 입을 떼지 못했다. 여자의 손에 든 가방을 본 남자는 아무 말 없이 두 팔로 여자를 당겨 안았다.

　여자가 남자의 어깨에 감격에 찬 얼굴을 묻었다. 남자의 머리카락에서 떨어진 물방울이 여자의 뺨에 닿았다. 소리 없이 흘러내린 여자의 눈물과 섞였다. 여자는 남자의 가슴에서 시작된 평온한 기운이 온몸에 전해지는 것을 느꼈다.

　　　　　　　　　　　　　　자라지 않는 아이

†

남자에게는 아이가 하나 있었다. 남자가 일생의 사랑이라고 생각했다던 전부인은 그 아이를 낳고 얼마 후 병으로 죽었다고 했다.

여자가 남자를 만난 지 얼마 되지 않았을 때, 어린이집에 사정이 생겨 데이트 도중 갑자기 아이를 데려와야 했다. 남자는 여자에게 양해를 구했고, 여자는 싫은 기색 없이 함께 아이를 데리러 갔다.

작은 아이 하나가 어린이집 선생님 다리 뒤에 숨어서 여자를 바라봤다. 호기심이 가득한 눈망울이었다. 수줍게 모습을 드러낸 아이의 얼굴을 확인했을 때 여자는 숨이 멎을 것만 같았다. 자신이 살아오면서 본 아이 중 가장 예뻤다.

다섯 살 생일이 막 지났다는 아이는 희고 뽀얀 피부가 너무나 투명해서 빛이 비치면 통과해버릴 것 같았다. 검고 짙은 속눈썹은 아이의 동그랗고 맑은 눈을 더욱 크고 신비롭게 보이게 했다. 어린아이 특유의 조그맣게 봉긋 솟은 코에, 여느 아이보다도 빨갛고 탐스러운 입술은 '인형 같다'는 수식어를 떠올리게 했다. 어린 시절 여자가 몹시 갖고 싶어 했지만 가난 때문에 단 한 번도 소유하지 못했던 아름다운 물건. 꿈에 그리던 예쁜 인형이 눈앞에서 살아 숨 쉬고 있었다.

넋이 나간 눈빛으로 말을 잃은 여자에게 남자가 말했다.

"애가 나랑은 많이 다르지? 지 엄마를 많이 닮았어."

멋쩍은 듯 수줍게 건넨 그의 말에 여자는 번뜩 정신을 되찾았다. 이내 심장 주위를 묘하게 감싸는 알 수 없는 감정을 느꼈다. 그것의 정체를 가늠하려 눈을 가늘게 뜬 채 다시 아이를 바라봤다. 아이의 말간 눈과 시선이 마주치자 자신도 모르게 고개를 돌려버렸다. 두근거리는 흥분과 기분 나쁜 음침함이 동시에 등을 긁어댔다.

그날 여자는 남자와 어떻게 헤어졌는지도 기억하지 못한 채 집으로 돌아왔다. 방에 들어서자마자 거울을 마주했다. 거무스름한 생기 없는 피부, 듬성듬성 희미한 눈썹, 핏기 없는 입술, 입체감 없는 평평한 얼굴.

거울 속 여자의 얼굴 옆에 아이의 얼굴이 떠올랐다. 그 얼굴이 점점 어른의 것으로 변하더니 성인 여성의 얼굴이 되었다. 아이의 어머니이자 남자의 전부인. 아이보다 더 아름다운 한 여성.

여자는 그 얼굴과 자신의 것을 나란히 보며 생각에 빠졌다. 남자는 정말 나를 사랑하는 걸까. 저렇게나 아

자라지 않는 아이

름다웠던 아내를 잊고 나를 사랑하는 게 과연 가능한가.

상상 속 얼굴은 거울 속에서 이미 사라져버렸지만 여자는 거울 속에 남은 자신의 얼굴을 보며 이마를 찡그렸다. 남자가 아이의 엄마를 잊고 자신을 사랑하는 건 불가능하다고 확신했다. 그래서… 불안했다. 한없이 불안했다.

†

"쓸데없이 정 주지 마. 그러다 니 애 안 생긴다, 알지? 그래서 신혼부부는 개도 기르지 말라는 거야!"

결혼식을 올린 건 아니었다. 짐을 싸서 남자의 집에 들어온 직후 혼인신고만 했다. 그것만으로도 새로운 삶이 시작되었으니 여자는 만족스러웠다.

어머니가 해준 것은 아무것도 없었다. 하지만 사람 좋은 남편의 성정을 재빨리 파악하곤 여자의 집에 드나들며 정기적으로 생활비를 타갔다. 집안일에 잔소리를 늘어놓으며 마지막엔 아이에 대해 저렇게 꼭 한마디를 더했다. 그럴 때마다 아이는 눈치를 보며 그들의 시선이 닿지 않는 곳으로 숨었다.

결혼 후에도 계속된 어머니의 만행을 참을 수 있었

던 건, 새로운 삶이 여자가 이제껏 누려본 적 없는 행복
으로 가득한 덕분이었다. 힘들게 친정 가족을 뒷바라지
해온 것을 안쓰러워하던 남편은 여자에게 잠시 일을 쉬
면서 가사만 돌보도록 했다. 다시 일하고 싶어지면 언제
든 복직하면 된다고 했다. 여자는 진심으로 고마워하며
난생처음 맛보는 안락한 시간을 즐겼다.

　그럼에도 간혹 여자가 견디기 힘든 상황이 생겨났
다. 아이 때문이었다. 돌보는 것 자체는 어려운 일이 아
니었으나 문제는 다른 형태로 발생했다. 남편 없이 홀로
아이를 데리고 외출할 때면 전혀 닮지 않은 둘의 관계
를 궁금해하는 사람들이 있었다. 그들의 머릿속엔 처음
부터 두 사람이 혈연관계라는 가정은 없는 것 같았다.
초반에는 상냥하게 대답해주었지만 시간이 지날수록 그
들의 무례한 반응은 여자에게 상처를 남겼다. 결국 나
중엔 굳은 표정으로 서둘러 자리를 떠버렸다.

　처음엔 아이도 커다란 눈을 굴리며 어찌할 바를 몰
라 했지만 금세 상황을 파악하고 대처했다. 여자가 떠
나면 짧은 두 다리를 바삐 움직여 뒤를 쫓았다. 걸음을
점점 더 빨리하는 여자를 따라잡기 위해 이마에 땀이
아롱지게 맺힐 때까지, 혹은 여자가 마침내 목적지에 다
다라 멈춰 설 때까지.

　　　　　　　　　　　자라지 않는 아이

†

거실 소파에서 아이가 자고 있었다. 창가로 들어오는 오후의 햇살이 금빛 비단처럼 아이의 얼굴을 비췄다. 아이가 잠결에 크게 숨을 내쉬자 가느다란 앞머리 몇 가닥이 봉긋한 이마로 쏟아져 내렸다. 여자는 홀린 듯 앞으로 다가가 자신도 모르게 손을 뻗었다. 아이의 머리카락을 넘겨주려다 퍼뜩 정신을 차렸다. 급히 뒤로 물러섰다.

내 아기, 내 아기가 갖고 싶어! 내 아긴 저 아이보다 훨씬 예쁠 거야, 사랑스러울 거야!

여자는 그날 이후 아기를 갖기 위해 온갖 정성을 쏟았다. 인터넷에서 정보를 찾고 좋다는 한의원을 찾아가서 약을 지어 먹었다. 하지만 아기는 생기지 않았다. 여자는 그게 아이 때문이라고 생각했다. 어머니의 말처럼 아이가 이미 자리를 차지하고 있어서라고 여겼다.

아이를 향한 미움에 원망스러운 마음이 더해졌다. 시간이 지날수록 그 크기는 점점 더 커져만 갔다.

비가 많이 오던 어느 오후, 남편의 공장에서 연락이 왔다. 어린 인턴 직원이 작업하던 기계에 팔이 끼는 사고가 있었다고 했다. 여자가 겁에 질린 목소리로 전화기

215

너머의 상대에게 물었다. 남편도 기계에 다친 거냐고.

"아, 그, 기계에 다치신 건 아닌데, 그게…."

사고 후 남편은 다친 인턴을 직접 병원에 데려가 입원시켰다. 그런데 홀로 공장으로 복귀하는 길에 차가 빗길에 미끄러졌다. 맞은편 차선의 레미콘 트럭을 들이받았는데 그 트럭이 남편의 차를 덮치면서 남편은 그 자리에서 즉사했다.

여자가 남자를 만난 지 1년 3개월, 결혼한 지 1년이 채 되지 않은 때였다.

†

남편이 죽자, 안온한 생활을 가능케 했던 여자의 환경은 곧바로 흐트러져버렸다.

집은 여자가 몰랐던 대출이 껴 있었고, 남편의 죽음과 함께 그 빚을 당장 갚아야 하는 지경이 되었다. 여자는 집을 팔고 작은 원룸형 아파트로 이사했다.

여자의 집을 밥 먹듯 드나들던 어머니는 행여나 발목이 잡힐까 바로 발길을 끊었다. 여자의 전화도 받지 않았다.

여자는 다시 일을 시작했다. 남편이 남긴 빚을 갚

자라지 않는 아이

고 아이와 살아가기 위해선 결혼 전보다 더 많이 일해야
했다.

　피로가 쌓이고 쌓인 어느 날, 여자는 늦잠을 자고
말았다. 전날 새벽까지 다른 부업을 하느라 밤을 새운
탓이기도 했다. 여자는 급하게 누룽지를 끓여 아이에게
먹였다. 옷을 입히며 한 입, 자신이 옷을 입으며 한 입,
화장을 하며 한 입…. 아이의 표정이 좋지 않았지만 반
찬이 없어 부리는 투정이라고 생각했다. 그릇이 다 비워
지자 아이의 손을 낚아채 어린이집에 던지듯 놓아두고
공장으로 출근했다.

　오후 쉬는 시간에 부재중 전화가 여럿 온 것을 발
견했다. 모두 어린이집 선생님에게서 온 것이었다. 무슨
일인가 싶어 여자가 바로 통화 버튼을 눌렀다.

　"어머님, 아이 입안이 온통 다 데었는지 물집이 잡
혔던데요. 그래서 밥이고 간식이고 하나도 못 먹였어요.
혹시 어떻게 된 일인지 아세요?"

　머리가 멍해졌다. 그제야 아침의 일이 생각났다. 급
한 마음에 누룽지를 식히지도 않고 곧바로 아이의 입안
에 밀어 넣었다. 거슬렸던 아이의 표정도 떠올랐다. 가
슴에 찌릿한 통증과 함께 화가 치밀었다. 어린이집 선생
님에겐 대충 얼버무려 답하곤 전화를 끊었다. 여자의 얼

굴이 복잡한 감정으로 일그러졌다.

아이는 자신의 처지를 정확하게 인식하고 있었다. 아빠는 죽고 여자만이 지금 자신이 기댈 유일한 사람이라는 걸. 버림받지 않기 위해선 여자의 신경을 거스르지 않아야 한다는 걸.

그리고 무엇보다도 여자가 점점 자신을 짐으로 여기고 있다는 걸, 아이는 안 것이다.

✝

타다다다닥. 빠른 발자국 소리가 여자의 귓가에 울렸다.

여자는 들썩이는 몸 때문에 구토증이 일었다. 정신이 없는 와중에도 그것을 간신히 참아내며 힘들게 눈을 떴다. 하얀 천장에 달린 기다란 전등들이 빠르게 아래로 스쳐 갔다. 여자는 굴러가는 침상에 누운 채 어딘가로 옮겨지고 있었다.

"30대 여성, 음독자살을 시도한 환자입니다! 현장에서 응급처치⋯."

"의식은 있습니까? 뭘 먹었는지는 확인됐어요?"

응급구조 대원의 다급한 설명을 끊으며 옆에서 함께 달리던 젊은 의사가 물었다.

자라지 않는 아이

아, 내가 약을 먹었지.

여자는 그제야 어떻게 된 상황인지 기억해냈다. 동시에 생의 마지막으로 원했던 그 일마저 실패했다는 것을 깨닫고 눈물이 차올랐다. 더는 살고 싶지 않았는데, 왜 다시 깨어나게 된 건지 답답하고 화가 나 소리라도 내지르고 싶었다. 그러나 입을 막고 있는 산소호흡기가 그조차도 불가능하게 만들었다. 여자는 다시 정신을 잃었다.

정신을 차렸을 땐 파란 커튼이 쳐진 작은 공간에 누워 있었다. 구토증은 더 이상 느껴지지 않았다. 힘들게 눈을 껌뻑이는데 침대 발치에 아이가 서 있는 게 보였다. 커다란 눈에 그렁그렁한 눈물을 가둔 채 슬픈 눈으로 여자를 바라보고 있었다. 여자를 책망하는 눈빛 같았다. 왜 그랬냐고 묻고 있었다.

여자는 그 눈길을 버티지 못하고 고개를 돌렸다. 아이의 모습이 그쪽에서도 보일까 눈을 감아버렸다. 후회인지 아쉬움인지 모를 눈물이 베갯잇으로 떨어졌다.

다음 날 여자가 온전히 정신을 차렸을 때 담당 의사가 찾아왔다. 안쓰러운 표정으로 여자에게 물었다.

"임신하신 건 알고 계셨어요?"

여자의 눈이 커졌다.

침대 옆에 서 있던 아이가 깜짝 놀란 표정으로 여자를 쳐다봤다.

†

"애애애앵! 우애애앵!"

아기가 자지러지게 울었다. 여자는 지친 한숨을 내쉬었다. 자신이 낳은 아기면 애정이 저절로 생겨날 줄 알았다. 하지만 아니었다. 아기는 예민했고 투정이 심했다. 자기 한 몸 추스르기도 벅찬 여자에게 다시 한번 매일 죽음을 생각하게 만드는 존재였다.

여자가 죽다 살아난 걸 알면서도 어머니는 연락을 피했다. 여자가 세상에 기댈 곳은 여전히 아무 데도 없었다. 망연자실한 여자는 우는 아기 옆에 앉아 멍하니 빈 벽만 바라봤다.

아기가 왜 우는지는 안다. 배가 고픈 것이다. 하지만 여자의 젖은 영양 부족으로 마른 지 오래고 분유 한 통 살 돈도 남아 있지 않았다. 아기를 보느라 일을 나가지 못해서였다.

눈물이 차올랐다. 시선이 맺힌 벽의 무늬가 일그러졌다. 참을 수 없는 흐느낌이 입술 사이로 새어 나왔다.

자라지 않는 아이

그런데 갑자기 아기의 울음이 그쳤다. 여자가 아기에게로 시선을 돌렸다. 아기 앞에 아이가 있었다. 아기는 자신을 마주 보며 웃고 있는 아이의 얼굴을 신기한 듯 바라보다가 까르르 소리를 내 웃기 시작했다. 여자가 아기에게서 들어본 적 없는 해맑은 웃음이었다. 행복한 기운이 그 소리를 타고 방 곳곳을 채웠다.

아기를 사랑스럽게 마주 보던 아이가 고개를 돌려 여자를 바라봤다. 살며시 미소를 지었다. 아기는 자신이 돌볼 테니 여자는 조금 쉬어도 된다고, 힘을 내라고 말하는 것 같았다.

하지만 여자는 멍하니 아이의 얼굴을 바라보기만 할 뿐 아무 말도 하지 않았다. 한참을 바라보다 고개를 돌려버렸다. 무거운 무언가가 여자의 가슴을 둔탁하게 쳤다.

✝

"나, 이고! 내 꼬야! 내 꼬!"

여자는 아기에게 '아상(雅像)'이란 이름을 지어주었다. 아상은 금세 걸어 다니기 시작했고 어설프지만 조금씩 문장도 말했다. 아이는 그런 아상을 어린애가 하는 것이라곤 생각지 못할 만큼 잘 돌봤다.

　덕분에 여자는 좀 더 편히 일을 다닐 수 있었다. 아이에게 고마운 마음이 들었지만 여자는 금세 그 마음을 쳐냈다. 아이는 아상보다 더 예쁜 외모를 가졌으니까, 좋은 아빠 밑에서 자랐던 시간이 있으니까, 동생인 아상에게 아이가 그 정도 호의를 베푸는 건 당연하다고 여겼다. 여자는 자신이 아이를 버리지 않은 것만으로도 책임을 다한 것이라고 매일 속으로 되뇌었다.

　아이의 보살핌 속에서 건강하게 자란 아상은, 곧 언니의 키까지 따라잡았다.

†

초등학교에 입학하고 얼마 후, 아상은 변했다.

　아상은 더 이상 아이와 놀지 않으려 했다. 아니, 아예 아이가 존재하지 않는 것처럼 무시했다.

　아이는 계속 동생에게 다가가려 했다. 아상의 어깨에 손을 얹고 자신을 봐달라는 듯 바라봤다. 하지만 아상은 아이에게 눈길도 주지 않았다. 여자에게 학교에서 새로 사귄 친구들을 자랑하기에만 바빴다.

　그럴 때면 아이는 상처받은 표정으로 조용히 뒤로

물러섰다. 세 사람이 함께 쓰는 작은 방의 모퉁이에 쪼그려 앉아 고개를 묻었다.

여자는 그 모습을 담담히 지켜보기만 할 뿐 아무런 행동도 어떤 말도 하지 않았다. 문득 아이가 마지막으로 소리 내어 말을 한 게 언제인지 기억을 더듬어보았다. 생각이 나지 않았다.

†

어느덧 아상은 열네 살의 중학생이 되었다.

훌쩍 커버린 아상의 외모는 여자를 무척이나 닮아 있었다. 아버지의 얼굴은 거의 찾아볼 수 없었다. 다만 성격은 아버지를 닮아 활동적이고 사교성이 좋았다.

지난 10여 년의 시간 동안 변한 건 아상뿐이었다. 여자의 텅 빈 눈동자도, 아이의 자라지 않는 몸도, 작은 원룸형 아파트도 그대로였다. 아니, 아파트는 오히려 그사이 더 낡아 곳곳에 금이 가고 곰팡이가 슬어 있었다.

어느 날 아상은 얼마 되지 않은 짐을 작은 가방에 챙기며 여자에게 작별을 고했다. 아상이 후원재단의 장학금을 받기로 결정된 날이었다.

"이런 구질구질한 곳에선 더 이상 못 살겠어. 이사장님이 내 후견인이 되어주신다고 했어. 기숙사도 들어가고 용돈도 받을 거야. 엄마가 못 나온 좋은 대학도 갈 거고!"

여자는 이미 다 자라버린 것 같은 딸의 얼굴을 하릴없이 바라봤다. 갑작스러운 통보였지만 잡을 순 없었다. 여자의 어머니가 그랬던 것처럼 자신의 욕심으로 딸의 미래를 망치긴 싫었다. 그저 자리에 가만히 앉아 떠날 준비를 하는 아상을 바라보고만 있었다.

아상은 가방을 챙겨 들고 빠르게 현관으로 향했다. 순간 굳은 표정으로 구석에 앉아 두 사람을 지켜보고만 있던 아이가 벌떡 일어나 동생의 뒤를 쫓았다. 여자도 아이를 따라 현관으로 나왔다.

아상이 운동화를 신으며 말했다.

"엄마, 건강은 좀 챙겨. 종종 얼굴 보러 올게."

아상이 곧바로 문손잡이를 돌리자, 여자가 다급히 외쳤다.

"언니한테도 인사는 하고 가야지!"

문을 막 나서려던 아상이 움직임을 멈췄다. 천천히 고개를 반쯤 돌려 신발장 위에 놓인 액자에 시선을 두었다. 결혼식을 대신해 찍은 가족사진이 들어 있었다.

자라지 않는 아이

여자와 남편, 아이가 함께 찍은 사진 위에 아상의 증명 사진이 끼워져 있었다.

아상의 바로 뒤에 아이가 서 있었다. 아상의 얼굴을 올려다보는 아이의 눈에 희망의 빛이 일었다. 한동안 자신에게 말도 건네지 않던 동생이지만, 집을 떠나는 지금은 그래도 다르지 않을까 기대하는 표정이었다.

하지만 아상은 다시 정면으로 고개를 돌리고 밖으로 나갔다. 지겹다는 듯 짜증 섞인 푸념을 내뱉으며 걸음을 뗐다.

"하! 엄마, 나한테 언니가 어딨다고!"

복도가 울릴 만큼 세게 문이 닫혔다. 닫힌 문 안에 남은 여자와 아이는 멀어지는 아상의 발소리가 들리지 않을 때까지 그대로 있었다.

어쩌면 소리가 끊기고 나서도 한참을 그렇게 있었는지도 모른다.

†

종종 들른다던 아상은 계절이 두 번 바뀌어도 그들을 찾지 않았다. 그사이 아파트가 재개발에 들어간다는 소식이 들렸다. 퇴거 안내문이 곳곳에 붙었다.

여자는 아상이 떠난 뒤로 삶의 의욕을 완전히 잃어버린 듯했다. 얼마 전부터는 일도 그만둔 채 하루 종일 집에만 머물렀다. 새 집을 알아볼 리 만무했다. 최근 며칠은 창밖의 변하는 날씨와 풍경만을 바라보았다. 그런 여자의 모습을 아이 또한 어찌하지 못하고 지켜보기만 했다.

아이는 오늘도 방구석에 쪼그려 앉아 걱정스러운 눈빛으로 여자를 보고 있었다. 그러다 갑자기 고개를 세웠다. 뭔가를 떠올린 듯 자리에서 일어나 빠르게 부엌으로 나갔다. 오래전에 여자가 아이에게 건네췄던 약을 찾기 위해서였다. 그때도 여자는 지금과 비슷한 상태였다. 그런데 그 약을 먹고 난 후 여자가 변했다. 다시 활기차게 삶을 살아갔다. 아이는 이번에도 같은 결과를 기대했다.

아이가 컵에 물을 담아와 약과 함께 여자에게 내밀었다. 여자는 처음에는 꽤 놀란 듯했다. 눈을 가늘게 뜨고 잠시 혼란스러운 눈치였다. 하지만 말갛게 뜬 아이의 눈을 물끄러미 바라보다 평온한 표정이 되었다. 낮은 목소리로 아이에게 말했다.

"그래, 고마워."

여자의 눈에서 눈물이 반짝였다. 입가에는 미소까

자라지 않는 아이

지 번졌다.

　아이는 처음으로 자신에게 보여준 진심 어린 여자의 미소에 놀랐다. 볼이 빨갛게 물들었다.

　여자의 눈에서 눈물이 흘러내렸다. 하지만 그 모습을 아이에게 보이기는 싫은 듯 재빨리 약을 입에 털어넣고 물을 삼켰다.

✝

아이를 처음 만났을 때, 여자는 자신도 모르게 아이에게로 손을 뻗을 뻔했다. 가느다란 머리칼을 손가락 사이로 흐트러뜨리며 형용할 수 없는 그 순수한 아름다움을 만지고 싶었다. 그리고 그 작은 몸을 꼭 끌어안고 '이제부터 내가 네 엄마야'라고 기쁨에 찬 목소리로 말하고 싶었다.

　하지만 그렇기에 되레 손을 빠르게 거둬들였다. 자신의 삶에 정말로 들어온 게 믿기지 않을 만한 존재라면, 손끝만 닿아도 허공으로 흩어져 사라져버릴 것만 같아서였다.

　그러나 데면데면한 그 첫 만남 후 돌아온 저녁, 거울 속에서 초라한 자신을 마주했다. 아이의 얼굴에서 떠오른, 지금은 세상에 없는 사람이 두려웠다. 결국 나중엔 아이를 볼 때마다 그 사람이 떠올랐다. 남자도 아이도 어떤 누구도 과거를 그리워하지 않았지만, 유일하게 여자만이 한 번도 만난 적 없는 이를 아이에게서 계속 보았다.

그래서 여자는 결심했다. 너무도 아름다운 그 아이를 사랑하지 않겠다고. 처음 본 순간 자신의 마음을 모두 가져가버린 아이였지만 그 감정을 누르고 거부하기로 마음먹었다. 아이에게 진정으로 마음을 주게 되면 자신을 배신하는 거라고 생각했다. 스스로를 초라하게 만드는 행위라고 여겼다.

눈치 빠른 아이는 그런 여자의 마음을 알아채기라도 한 듯, 더 조심하고 어른스럽게 처신했다. 아이가 차라리 투정이라도 부렸다면 동정이 일었을지도 모른다. 하지만 아이는 나이에 비해, 자신이 살아온 시간에 비해 과하게 의젓하고 어른스러웠다. 여자의 말은 무조건 따랐고 여자가 집을 비울라치면 꼬막손으로 나름의 청소까지 해놓곤 했다. 언제나 예의 바르게 행동하고 밝게 웃었다. 그래서 만나는 모든 이들에게 사랑을 받았다.

아이가 너무도 아름다워서 거부하고자 했던 여자의 마음은 어느새 아이를 향한 직접적인 질투로 바뀌었다.

자라지 않는 아이

어린아이를 시기하는 건 말도 안 된다고 생각하면서도 자신의 마음을 어쩌지 못했다.

어른들이 시키는 대로 잘 해내는 것은 아이가 사랑받는 가장 큰 이유였지만, 사실 그것은 아무것도 가지지 못했던 여자가 유일하게 내세울 수 있던 장점이었다. 아이는 여자가 가지지 못한 아름다움은 물론, 그것마저 갖춘 거였다.

아이를 볼 때마다 여자의 머릿속엔 온통 그 생각뿐이었다. 그때마다 여자의 가슴에는 아이에 대한 미움이 한 덩이씩 살집을 키웠다. 그런 상황이 싫었다. 죄책감이 들었다. 그런 마음을 갖게 만드는 아이를 견디기 힘든 악순환이 계속됐다. 그러나 버텼다. 여자가 선택한 새로운 삶을 행복으로 채우려면 참아내야 하는 필연적인 조건이었으니까.

그런데 남편이 죽어버렸다. 그를 통해 지탱하던 모든 게 무너졌다. 여자는 이제 인생에서 원하는 게 없었다. 남편이 사라지면서 더 이상 존재하지 않게 됐다. 아이를 가까이하지도 버리지도 못한 상태에서 앞으로의 삶을 버텨낼 자신이 없었다.

그래서 모든 걸 끝내기로 결정했던 거다. 아이에게 약을 먹이고 자신도 약을 먹었다.

하지만 나중에 아상이라는 이름을 갖게 된 아기의 생존의지는 여자의 뱃속에 있을 때부터 유별났다. 존재하는지도 몰랐던 아상의 살고자 하는 몸부림으로 여자는 먹은 약을 모두 토해냈다.

그렇게 여자는 아상과 함께 살아났고, 아이는 죽었다.

†

오늘 아이의 혼이 건넨, 어쩌면 여자가 직접 꺼내 먹었을지도 모르는 그 약은 14년 전의 방해자가 사라진 여자의 몸속에서 천천히 제 역할을 해냈다. 여자는 졸리기 시작했다.

아이는 이전과는 다른 여자의 반응에 당황스러운 듯 여자를 바라보고 있었다. 여자가 속의 것을 게워내고, 앰뷸런스가 오고, 병원에서 깨어나면 다시 새로운 삶이 시작될 텐데, 그렇게 흘러가지 않는 상황이 의아해 눈빛이 흔들렸다.

여자는 느린 걸음을 옮겨 이불이 깔린 잠자리로 향했다. 그곳에 힘들게 버텨왔던 지친 몸을 뉘었다.

아이도 여자 곁에 무릎을 꿇고 앉았다. 조용히 여자를 내려다봤다.

자라지 않는 아이

여자는 힘이 풀려 점점 희미해지는 눈으로 자신을 바라보는 아이와 시선을 맞췄다. 여자의 숨이 점점 느려졌다. 약해지고 있었다. 힘겹게 손을 뻗어 아이의 머리를 어루만졌다. 그 손이 흘러내려 아이의 볼을 따뜻하게 감쌌다.

놀란 아이의 눈이 커졌다. 여자의 눈에 눈물이 차올라 눈동자를 가득 뒤덮었다.

"…아진아."

아진(雅珍). 남편과 아이의 친엄마가 함께 지었을 그 이름을, 여자는 이제껏 단 한 번도 부른 적이 없었다. 이름을 부르면 자신의 마음이 깨어날까, 아이를 사랑하고픈 진심이 아이에게 닿을까 두려워서였다.

아이가 큰 눈을 껌뻑이며 어쩔 줄 몰라 할 때, 여자가 다정한 목소리로 덧붙였다.

"이제 같이 가자. …엄마랑."

아이의 커다란 눈에 눈물이 빠르게 차올랐다. 여자가 스스로 엄마라고 지칭한 것 또한 처음이었다.

"엄…마…."

아진은 조용히, 느리게, 처음으로 그 단어를 소리 내어 불러봤다. 소리의 여운을 느끼려는 듯 잠시 기다리다 마침내 고개를 크게 끄덕였다. 눈물이 흘러나왔지만 얼굴은 미소로 가득했다.

여자도 웃었다. 후회 없는 미소였다. 삶의 마지막 순간에 비로소 자신이 원하던 것을 얻었다. 입꼬리가 귓불을 향하자 눈에 차 있던 눈물이 여자의 볼을 타고 흘러내렸다.

아진이 오른손을 뻗어 그것을 훔쳐냈다. 어느새 아진의 모습은 변해 있었다. 이상보다 여섯 살은 위였을 아진이 가져야 마땅했을 모습으로 바뀌어 있었다.

여자의 볼을 감싼 아진의 손 위로 여자의 손이 겹쳤다. 여자의 것만큼이나 커진 아진의 손이었지만, 여자의 손 아래 온전히 담겼다.

갑자기 아진의 몸에서 맑은 빛이 뿜어져 나왔다. 투명한 듯 하얗게 반짝이는 여러 갈래의 빛이 아진을 감싸며 주위를 맴돌았다. 점점 커지며 여자의 머리카락을 살랑이게 만들었다. 여자가 평온한 미소를 머금으며 눈을 감았다.

아진이 여자의 얼굴을 내려다보다 입꼬리를 한껏 올려 미소를 지었다. 그 순간 주위를 돌던 빛의 줄기들이 섬광으로 터졌다. 여러 빛깔로 반짝여 흩어지며 는개처럼 바스러지더니 공중에서 그대로 자취를 감추었다.

아진이 사라졌다. 여자의 숨도 멎었다.

자라지 않는 아이

†

아파트 재개발 조합의 신고로 출동한 경찰은 낡고 좁은 집에서 한 여자의 주검을 발견했다. 집을 수색하는 과정에서 14년 전 행방이 묘연해졌던 여섯 살 아진의 미라도 방의 모퉁이 벽에서 찾아냈다.

완전히 건조된 상태의 미라였지만 기묘하게도 오른손에만 투명한 액체가 조금 묻어 있었다. 그것은 부검을 시작할 때까지도 마르지 않았다가 부검의가 면봉을 가져다대는 순간 증발하듯 사라져버렸다.

사연의 세계와 전이의 역동성

박인성(문학평론가)

1. 와이던잇(Why done it)?

미스터리는 보통 세 가지 질문에 응답하는 장르다. Who done it(누가 했는가), How done it(어떻게 했는가), Why done it(왜 했는가). 그중에서도 우리가 흔히 본격 미스터리라 말하는 고전적인 미스터리는 'Who done it'과 'How done it'에 충실한 장르로, 'Why done it'은 상대적으로 소외되어왔던 질문이다. 범죄자의 동기는 아무리 그럴듯해도 범죄 행위에 대한 부연 설명에 지나지 않으며, 그럴듯한 환경과 상황이라고 해도 범죄를 옹호하는 것처럼 비치거나 지나치게 감정에 호소하는 신파로 취급되기 쉽다. 하지만 범죄 동기에 대한 이해는 범죄자를 정당화하기 위한 것이 아니라, 미스터리에서 응당 다루어야 하는 인간에 대한 이해를 심화시킨다. 우리가 강력범죄자와 그들의 범행을 악마화하는 것 이상으로 대부분의 범죄는 통속적 인간의 범주를 크게 벗어나지 않는다.

최근 한국 사회에서 강력범죄에 대한 인식이나 범죄를 다루는 각종 문화 콘텐츠를 살펴보면, '복수 권하는 사회', '만인이 만인에게 피해자이자 가해자'인 시대라고 불러도 과언은 아닐 것 같다. '가해자에게 서사를 부여하지 말라'는 경계의 목소리도 분명 존재하지만 '가해자 아니면 피해자'라는 이분법적 시선으로 바라볼 경우 인간에 대한 입체적이고 복합적인 해석의 가능성이 상실되는 위험도 존재한다. 무엇보다 소설을 포함하는 허구 서사는 복합적인 현실과 예외적인 상황에 놓인 인간 존재에 대한 입체적인 시선이다. 미스터리라는 장르 역시 마찬가지다. '동기'가 없는 살인을 밝혀내는 것은 오락이나 유흥으로서 추리게임의 즐거움을 주기는 하지만, 여전히 많은 사람들은 범죄 사실만이 아니라 그 이면에 있는 범죄를 유발하는 '사연의 세계'에 매혹되며 그 속에서 무력한 개인을 넘어선 희망을 발견하고 싶어 한다.

최근에 유행하는 '사이코패스' 범죄자에 대한 인식이나, 이를 활용한 미스터리의 범죄자에 대한 묘사는 다시금 미스터리를 'Who done it'과 'How done it'의 세계로 한정하는 것처럼 보이기도 한다. 사이코패스 범죄자는 타고난 악인이므로 내면에 대한 설득이나 동기의 이해를 제공할 필요가 없기 때문이다. 하지만 역설적으로 그러한 정신병리학적 범죄자에게서조차 사연의 세계를 탐색하며, 'Why done it'과 동기의 차원에서 소설적 접근을 시도하는 작가들이 있다. 나는 홍선주 작가의 작품집 《푸른 수염의 방》을 동기에 충실한 미스터리의 계보에서 읽었다. 작품 전반에 걸쳐 정신병리학적 현상에 사로

잡힌 범죄자들이 등장하기는 하지만, 더 본질적으로는 어떻게 우리가 가해자 혹은 피해자가 되는가, 혹은 그렇게 되지 않으려면 어떤 삶의 조건들이 필요한가에 대해 말해주는 접근 방식의 소설 말이다.

　이 작품집 전반에 걸쳐서 가해와 폭력은 바이러스처럼 개인의 존엄을 짓밟으면서 다시 피해자를 숙주 삼아 감염된다. 폭력에 노출된 삶 속에서 인간이 스스로를 돌보기 위해 어떻게 고군분투하고, 그러한 노력이 자신을 구원할 수 없을 경우 어떻게 또 다른 폭력으로 전이되는지 보여준다. 《푸른 수염의 방》에서는 각각의 작품들이 폭력에 대한 이해를 다양한 스펙트럼으로 보여준다. 이는 가해자와 피해자라는 이분법적인 구도 속에서 납작하게 눌리거나 휘발되어버리는, 우리 내면의 복잡성을 드러내기 위한 소설적 전략처럼 보인다. 개인의 내면은 폭력 앞에서 분열되거나, 전이되거나, 더 나아가 스스로를 속이거나 재발견하기도 한다. 무엇보다도 이 작품집에서 강조되는 것은 폭력 피해자가 또 다른 가해자가 될 수 있는 갈림길 앞에서, 자기 자신을 돌보기 위해 만들어내는 일종의 전이(轉移)적 현상들이다.

　일반적으로 프로이트 정신분석에서 감정전이로 받아들여지는 '전이transference'라는 개념은 정신분석의 핵심

개념이다. 무엇보다도 상담 과정에서 분석가와 분석 대상 사이에서 발생하는 감정의 투사와 의존성에 대해 정의할 때 활용된다. 문학비평가 피터 브룩스는 전이의 개념을 소설 텍스트에서 작가와 독자, 화자와 청자 사이에 발생하는 대화적 관계로 확장해 재해석한다.* 특히 전이에 있어서 중요한 점은 두 사람 사이에 발생하는 대화적 역동성으로 두 역할 사이에 고정된 권위나 일방적인 지배관계가 형성되어서는 안 된다는 것이다. 두 사람은 단순히 사실관계를 발견하기 위해 대화하는 것이 아니라, 어쩌면 사실보다도 더 나은 이야기를 구성하기 위해 서로의 역할을 바꾸어가며 텍스트성을 구성한다. 브룩스에 따르면 전이는 언제나 텍스트적인 것으로, 단순한 감정 이상의 허구적인 이야기 구성으로 드러난다.

홍선주 작가의 소설들은 그러한 의미에서 사실관계

---

* 이 글에서 말하는 전이(transference)란 단순히 두 독립적인 존재의 감정적 교환만을 의미하지 않는다. 소설이 제공하는 해석적 과정에서 발생하는 대화의 방식이면서, 감정 이상의 의미와 해석을 주고받는 역동적인 행위이기도 하다. "전이란 과거를 상징적인 형식으로 재생하기 위해 존재하는 특수한 '인위적' 공간이며, 서술자와 수신자 사이에 놓인—더 나아가서는 작가와 독자 사이에 놓인—내러티브 텍스트의 본질에 접하는 것이다." 피터 브룩스 지음, 박인성 옮김, 《정신분석과 이야기 행위》, 문학과지성사, 2017, 85쪽.

작품 해설

를 밝히는 미스터리가 아니라 사실 너머의 의미를 포착하는 미스터리다. 소설 속 인물들 사이에 존재하는 적극적인 전이적 대화 구성을 지향하는 것처럼 보인다. 이야기는 이야기 속 인물에 의해 일방적으로 말해지고 독자가 그것을 수용해야 하는 것이 아니라, 또 다른 입장에서 구성된 이야기를 내포하고 있다. 한 인물의 범죄 사실에는 그러한 범죄에 대한 일방적인 폭로와 고발만이 존재하는 것이 아니라, 또 다른 관점에서 쓰일 수 있는 사연의 세계가 내포되어 있는 것이다. 따라서 《푸른 수염의 방》의 수록작들이 공통적으로 구성하는 텍스트성은 피해자와 가해자로 나뉜 이분법적 세계가 아니라, 인물들의 사연이 교대로 전개되며 서로의 역동적인 대화 가능성을 교차해 구성되는 복합적인 인간들, 그리고 내면적인 동기의 세계다. 어떤 피해는 또 다른 가해로 전이된다. 문제는 그러한 가해의 탄생 속에 숨겨져 있는 대화적 가능성을 발견하고 텍스트적으로 다시 써내는 과정이다. 그것이 홍선주 작가의 작품집 《푸른 수염의 방》의 공통된 기획이기도 하다.

2. 전이되는 삶

표제작이기도 한 소설 〈푸른 수염의 방〉은 프랑스의 동화 작가 샤를 페로의 유명한 동화 〈푸른 수염〉 이야기를 모티프로 삼고 있다. 원작의 현대적인 변주이면서, 완전한 재해석이기도 하다. 물론 이 소설을 본격적인 미스터리 문법이나 트릭에 충실한 소설이라고 보기는 어려울 것이다. 범인은 처음부터 누구인지 밝혀지고, 트릭은 결코 복잡하지 않다. 하지만 피해자의 가족으로서, 사이코패스 범죄자에게 복수하기 위한 연극적 연출을 구성하는 과정을 통해서 이 소설은 단순한 복수극이 아니라 가해자의 시선까지 재구성하는 전이적인 상황극이 된다. 피해자와 가해자의 입장을 뒤바꾸고 피해자가 겪은 극한의 공포에 대한 심리적 전이를 수행함으로써, 피해자에 대한 사후적인 해석뿐만이 아니라 적극적인 대응을 수행한다.

따라서 이 소설은 은수의 이야기를 단순히 과거 회상을 통해 제공하는 것이 아니라, 연수의 입장에서 재해석된 방식으로 전달한다. 이 과정에서 연수는 은수의 입장만이 아니라 살인의 입장까지도 내포하는 포괄적인 이야기를 재구성한다. 이것은 연수 스스로의 애도 행

작품 해설

위이면서 이미 불가능해진 은수에 대한 사후적인 치유의 시도이기도 하다. 정신분석적 의미에서의 치유는 과거를 복원하는 것이 아니라, 그것을 현재의 담화로 고쳐 쓰는 것이다.* 주인공 연수가 죽은 동생 은수의 복수를 수행하는 과정에서, 독자들은 연수가 자신의 자매들과 단순한 혈연 이상의 유대로 얽혀 있다는 사실을 알게 된다. 쌍둥이라는 설정 이상으로 그들은 심리적 전이 능력을 갖춘 일종의 분신들이며, 그렇기에 연수의 복수는 최대한 은수에 대한 때늦은 대화를 수행하는 돌봄의 방식으로 이루어진다. 이미 죽은 자에 대해서도 우리는 마음의 돌봄을 수행할 수 있으며, 그렇게 해야 한다.

〈G선상의 아리아〉는 〈푸른 수염의 방〉과 공통적인 모티프를 가진 작품으로, 피해와 가해라는 이분법적 구도를 넘어서서 연쇄적으로 서로의 삶을 파괴하는 인간관계의 복잡성을 그려낸다. 그중에서도 의존성과 지배욕망은 최악의 짝패가 된다. 특히 K는 〈푸른 수염의 방〉에 등장하는 사이코패스 살인자와 크게 다르지 않은 인물로 단순한 쾌락 살인마가 아니라 일종의 지배중독자

* "구성은 과거의 역사를 바꾸지는 못한다. 그러나 과거를 말하는 현재의 담화를 고쳐 쓰고 다른 미래를 준비한다." 피터 브룩스, 《정신분석과 이야기 행위》, 105쪽.

로 그려진다. 그는 엄마와 나를 집으로 불러들이기 이전에도, 다른 희생자들을 항상 주변에 두고 자신에게 의존하도록 만든 이후에 지배하고 폭력을 행사해왔음이 암시된다. 이러한 일방적인 지배 과정과 그에 대한 의존성은 단순한 폭력이 아니라 관계에 있어서 어떠한 전이를 허락하지 않는 해석 불능의 상황으로 그려진다. '나'와 엄마가 K에게서 벗어났음에도 불구하고 오히려 '나'는 K에게 지배되는 또 다른 의존성의 피해자가 되어버린다.

　삶에 있어서 타인과의 관계를 통한 해석적 과정이나 전이의 역동성을 경험한 적이 없는 '나'는 K가 미친 강렬한 영향력으로부터 벗어나는 능동성을 확보하지 못한다. 철저하게 '나'를 지배하는 목소리는 자기 자신을 돌볼 수 없게 된 피해자가 만들어낸 유일한 분열적인 증상에 불과하다. 타인과의 관계 속에서 올바른 전이를 수행할 수 없는 나에게 유일하게 가능한 대화 상대는 또 다른 나일 테지만, 그러한 나는 과거의 충격적인 지배력을 행사한 K의 영향력에 붙들려 있다. 이것이 〈G선상의 아리아〉에서 '나'가 K에 이은 또 다른 사이코패스 범죄자가 되는 내력이다. 그리고 그 근본적인 원인은 '나'를 사로잡고 있는 내면의 목소리, 분열적인 자아

　　　　　　　　　　　作品 해설

이면서 폭력적이고 외설적인 초자아*에 대해 대화가 불가능해진 상황 속에 있다. '나'를 살인자로 만드는 모든 과정은 타인의 삶과 전이적인 관계를 구성할 수 없도록 그에게서 전이의 가능성을 박탈한 모든 주변 환경 속에 있다. 가해의 탄생이란 단순히 누군가로부터 피해를 입었기 때문이 아니라, 그러한 폭력 앞에서 어떤 전이적 해석도 수행할 수 없게 된 폐쇄적인 내면으로부터 온다.

〈푸른 수염의 방〉에서 뒤늦게나마 피해자를 위한 사후적인 전이의 과정이 애도의 형식으로 수행될 수 있었던 것과 달리, 〈G선상의 아리아〉에서 결국 K와 같은

---

* 프로이트 정신분석적 개념으로 인간 정신의 구성요소로 '에고(ego)', '이드(id)', '초자아(super-ego)' 중 하나다. 일반적으로 초자아는 도덕이나 양심과 관련된 긍정적인 내면의 준칙으로 알려져 있지만, 그 핵심은 주체에게 명령을 내리는 내면의 목소리다. 이것은 달리 말하자면 영화 〈엑소시스트〉에서 소녀를 사로잡은 악마의 목소리와 크게 다르지 않다. 개인의 내면에 강요되는 초월적인 명령이라는 측면에서 '외설적인 초자아'가 존재할 따름이다. 따라서 초자아라는 개념은 개인의 내면에 존재하지만, 그 개인에게서 분열되어 떨어져 나왔기에 마치 다른 인격처럼 여겨지는 무의식적인 존재이기도 하다. 〈G선상의 아리아〉의 주인공은 사회화 과정에서 긍정적인 초자아의 영향을 받지 못하고, 오히려 K와 같은 사이코패스 범죄자의 강렬한 영향 속에 내면적 충격을 외부로 분리해낸 것에 가깝다. 문제는 그러한 분리적 무의식이 여전히 그에게 내면의 초자아처럼 자리 잡고 파괴적인 명령을 내린다는 점이다.

살인마가 되어버린 '나'는 스스로를 돌볼 수 있는 그러한 대화적인 관계를 확보하지 못한다. 가족은 물론 다른 사회적 공동체에도 뿌리를 내리지 못하고 미끄러지는 과정에서 오히려 대화는 철저하게 폐쇄적인 내면의 분열적 목소리와 이루어질 뿐이다. 〈푸른 수염의 방〉에서 분신 관계와 달리 〈G선상의 아리아〉에서 '나'의 내면과의 대화는 여전히 일방적인 지배관계일 뿐이다. 이러한 지배력에 대해 다른 대응을 수행하지 못하는 '나'는 결국 K에 대한 영향력으로부터 벗어나지 못한 채, K를 죽여야 한다는 망상 속에서 무고한 피해자를 만들어낼 뿐이다. 이러한 소설적 변주를 통해 드러나듯 폭력의 감염과 전파 속에서 우리가 가해자가 되지 않고 스스로를 돌볼 수 있는 힘은 도덕적인 판단이나 엄격한 자기관리에서 오는 것이 아니다. 그것은 오직 타인과의 역동적인 전이 상황 속에서만 길러진다.

3. 사랑하기 위한 조건

또 다른 소설 〈연모〉에서도 사이코패스 짝패가 등장한다. 하지만 이 소설은 〈G선상의 아리아〉와 같은 범죄 미스터리가 아니다. 두 사이코패스가 서로에게 영향을

244   작품 해설

미친다는 점에서, 이 소설은 오히려 〈G선상의 아리아〉와 철저한 대비를 이룬다. 이 소설에는 사이코패스들이 서로에 대한 열망 속에서 자신도 충분히 예측하지 못한 전이적 관계를 형성하기 때문이다. 표면적으로 이 소설은 사이코패스 간의 소유욕에 관한 이야기로 읽힌다. 하지만 그들의 열망이 그들 자신의 삶을 주어진 본성 이상의 것으로 바꾸어버렸음을 생각하면, 이것은 지극히 보편적인 사랑의 이야기이기도 하다.

물론 이 소설은 각자가 서로에 대한 소유욕으로 계략을 꾸미고 그것을 긴 세월에 걸쳐서 달성하는 과정의 심리적인 연극이기도 하다. 서로 사이코패스라는 사실을 감추고 상대방이 원하는 대상이 되기 위해 자기 자신을 연기한다는 점에서는 진실성이 아닌 허구의 부정성을 발견할 수 있을지도 모른다. 하지만 이 총체적인 연극과 속임수 속에서 그들은 일반적인 관계와 소통을 꿈꿀 수 없는 폐쇄적인 상황으로부터 벗어나, 새로운 관계를 향한 열망 속에서 전이의 역동성을 구성한다. 따라서 이 소설이 보여주는 사랑 이야기가 독자들이 일반적으로 예상했던 연모(戀慕)가 아니라 '깊은 계교, 계책'이라는 의미의 연모(淵謨)라고 하더라도 그들이 만들어낸 모든 관계성이 부정되는 것은 아니다. 그들은 각자가 서로의 위치를 취하면서 상대방의 욕망에 걸맞은 사람이 되고자 암시적인 대화를 수행해온 셈이다.

　마치 이 소설에서 그려지는 전이 관계는 〈셜록 홈즈의 마지막 사건〉에서 셜록 홈즈와 짐 모리아티 사이에서 발생하는 전이 관계를 보는 듯하다. 셜록 홈즈와 짐 모리아티 사이에 존재하는 전이의 역동성은 그들 사이에 말없이 적극적인 대화가 이루어지고 있음을 암시한다. 그들은 각자가 서로를 항상 머릿속의 대화 상대처럼 상기하며, 상대방이 하려고 하는 행동을 미리 예측해 그것에 대응하는 방식으로 행동한다. 그것이 탐정과 범죄자라는 서로의 정체성을 둘러싼 상호 간의 추적이면서 미스터리 장르의 본질적인 해석 과정을 보여주는 논리의 방식이다. 적이면서 동료라는 이중적 관계 속에 쫓고 쫓기는 양면적인 삶을 입체적으로 바라보게 해주며, 어떤 일방적인 목소리에 지배되지 않을 수 있는 대응을 발생시킨다. 이처럼 미스터리라는 장르는 결과적으로 텍스트적인 전이 속에서 창작자와 독자 사이에서 발생하는 대화적 과정을 요구한다. 〈연모〉 역시 그러한 의미에서 어떤 범죄행위도 없이 서로를 탐문하면서 자기 정체성을 발견하는 과정의 미스터리를 그려내고 있다.

　이러한 전이의 과정이 우리의 삶 전체에서 언제나

　　　　　　　　　　　　　　　작품 해설

가능한 것은 아니다. 앞서 〈푸른 수염의 방〉이 때늦은 사건 이후에야 범죄를 둘러싼 전이 과정을 그려내듯이, 〈자라지 않는 아이〉에서도 사랑할 수 없었던 자식에 대한 엄마의 실패를 사후적인 관점에서 재구성한다. 이 이야기는 결코 모성애란 본능이 아니며, 어떤 애정도 한쪽의 일방적인 노력으로는 구성될 수 없다는 사실을 강조한다. 주인공 '여자'는 큰 각오를 하고 자기가 낳지 않은 아이의 엄마가 되는 것을 감수하지만, 결과적으로 엄마가 되는 것에 실패하는 사람이며, 그러한 실패를 애써 부정하기 위한 자기 속임수를 최종적으로 받아들여야 하는 입장에 있다. 자신이 결국 사랑하는 데 실패한 '아진'은 이미 오래전에 자기 손에 죽었다는 사실, 그리고 그 사실을 잊어버리고 모르는 척 살아왔음에도 불구하고 현재에 이르러 친딸인 '아상'에게도 사랑받지 못하고 버려지는 상황이라는 메마른 진실 말이다.

〈연모〉와 달리 〈자라지 않는 아이〉에는 전이의 역동성이 없다. '여자'는 '아진'을 사랑하는 데 실패했을 뿐 아니라, '아상'에게 사랑받는 데에도 실패했다. 이 모든 관계 속에서 대화는 제대로 수행되지 않으며, '여자'가 스스로를 속이고 '아진'이 살아 있다는 망상 속에서 살아가는 것 역시 전이의 가능성을 스스로 포기한 것에 지나지 않는다. 결과적으로 '아진'에 대한 죄책감 이상으로 '여자'는 자신을 돌보는 것은 물론 타인을 돌보는 능력에 있어서도 납작해져버린 삶을 살고 있음이 분명하다. 그럼에도 불구하고 이 소설이 보여주는 사연의 세계는 독자들을 눈물짓게 하는 측면이 있다. 그것은 '여자'의 실패에도 불구하고 다른 전이의 가능성이 소설적으로 남아 있기 때문이다.

이 소설에서 타인에 대한 가해가 자신이 가지고 있는 것을 기꺼이 주지 않는 마음이라면, '사랑'이란 반대로 자신이 가지고 있지도 않은 것을 기꺼이 주려는 마음일지도 모르겠다. '아진'이 '여자'에게 주는 약 또한 그런 것이다. '여자'의 죽음은 자신이 죽인 '아진'에 대한 죄책감 속에서 자살하는 것으로 받아들여질 수도 있다. 하지만 이 소설은 불가능한 장면에 대해, 어쩌면 이미 죽은 '아진'이 정말로 '여자'에게 고통에서 벗어날 약을 건네주는 가능성을 암시한다. 앞서의 논리를 따르자면, 이미 죽은 '아진'의 입장에서 엄마가 되는 데 실패한 '여자'에게 자신이 줄 수 없는 것을 기꺼이 주는 행위는 '여자'에게는 도저히 불가능했던 사랑에 대한 제스처이기도 하다. 이 소설은 자신이 이해할 수도 감당할 수도 없는 가해를 입었음에도 아이가 부모에게 사랑을 되돌

작품 해설

려주는 이야기로 읽힐 수도 있는 셈이다.

물론 이러한 해석은 지나치게 낙관적인 해석이며, 결과적으로 신파적인 결말을 무비판적으로 받아들이는 것일지도 모른다. 오히려 오늘날의 관점에서는 많은 독자들이 '여자'의 죽음이 결국 자신의 죗값에 대한 '벌'이라고 생각할 것이다. 어떠한 동기에 대한 설명에도 불구하고 '용서'란 불가능하며, 우리에게 필요한 것은 여전히 복수일지도 모른다. 그럼에도 불구하고 이 작품집에 수록된 이야기들은 공통적으로 모든 피해와 가해라는 이름으로 이분화되고 납작하게 평면화된 인간에 대한 이해 속에 담겨 있는 그 이상의 사연의 세계를 보여준다. 동기에 대한 설명과 저마다의 사연에 대한 강조가 가해자의 죄를 덜어주고 그들을 정당화하기 위한 것은 아니라는 사실, 오히려 더 많은 가해가 양산되는 평면화된 세계로부터 다시금 전이의 역동성을 회복하기 위한 노력이 요구된다는 사실을 강조해야 할 것이다.

앞서 강조했듯이 홍선주 작가의 《푸른 수염의 방》은 오늘날 동기의 문제에 천착하는 예외적인 미스터리 작품집이다. 물론 그 동기의 허구적 재현이 오늘날 우리 현실에서 발생하는 모든 강력범죄를 대변할 수 있는 것은 아니다. 현실의 강력범죄는 더 지독하고 악랄한 형태로 피해자들을 만들고, 씻을 수 없는 죄에 대해 속죄하지 않고 살아가는 후안무치함을 보이기도 한다. 그러나 우리가 미디어와 인터넷 공론장을 통해서 얻는 강력범죄에 대한 이해와 달리 허구의 영역에서, 그리고 미스터리라는 장르에서 추구해야 하는 것은 범죄에 대한 충격적인 인식이나 메마른 사실 확인의 과정만은 아니라고 생각한다. 또한 본격 미스터리와는 차별되는 지점에서 인간에 대한 이해에 천착하는 미스터리 소설은 언제나 필요하다. 《푸른 수염의 방》은 그러한 한국적 미스터리 내부의 사연의 세계에 대한 천착이라 불러도 좋을 것이다.

작가의 말

'사는 게 노는 것이라고 했다.'

10여 년 전 했던 심리 테스트에서 제가 추구하는 삶과 가장 맞아떨어진다는 시구(장대송, 〈섬들이 놀다〉)로 나온 문장입니다.

저는 언제나 삶에서 '재미'를 가장 중요하게 생각하는 인간이었습니다. 학업에 가장 신경 써야 할 고등학생 시절에 학생회 활동을 3년간 꾸준히 한 것도 그래서였습니다. 심지어 후보가 두 명뿐인 학생회장 선거에, 그러면 선거가 너무 재미없지 않냐며 누가 떠밀지도 않았는데 굳이 추가 후보로 나섰습니다.

제 득표수가 2위가 되면서 원래는 부회장이 되었을 친구가 떨어지고 말았습니다. 그땐 '이게 더 재밌잖아' 하면서 넘겼는데, 돌이켜 생각해보면 세상에 그런 민폐가 없네요. 그 친구가 혹 상처받지는 않았는지 더 챙겼어야 하지 않나 싶습니다. 다행히 지금까지 30년 가까이 좋은 친구로 지내고 있고, 그 친구는 제 덕에(?) 학업에 집중했던지 최고의 대학에 진학해 현재는 유명 로펌의 변호사로 일하고 있습니다.

어쩌면 제가 그래서 자연스럽게 미스터리 소설을 좋아하고 쓰게 된 것일지도 모르겠습니다. 모든 이야기는 '재미'있어야 대중의 사랑을 받고 재미를 극대화하는

253

요소는 반전이며, 그건 미스터리의 본질이라고 할 수 있으니까요.

"도대체 안 해 본 게 뭐예요?"

지인들과 사사로운 대화를 하다 보면 간혹 듣게 되는 말입니다. 대학교 교직원으로 월급쟁이 생활을 시작해, IT 포털에서 만화 섹션 기획/운영, 버티컬 검색 기획, 게임회사 웹기획을 거쳐 국제구호개발 NGO에서 10년 가까이 디지털 마케팅 및 전략 기획, 캠페인 기획 등을 수행했습니다.

전격 퇴사 후 장편 추리소설을 독립출판하고 해외에서 에어비앤비 숙소를 운영했다가 현재는 겁도 없이 전업작가 생활을 하고 있습니다.

어릴 적부터 새로운 것을 경험하고 도전하는 걸 좋아했습니다. 정말 웬만한 학원은 다 다녀본 것 같습니다. 그런데 시도에 이어 싫증까지 빠른 속도로 따라붙는 바람에 나중엔 부모님이 제 말을 귓등으로 흘려듣게 되는 부작용이 따랐지만, 저한테는 다 나름의 이유가 있었습니다.

제가 가장 잘하는 걸 찾고 싶었습니다. (좀 재수 없지만) 시도하는 것들은 다 어지간히 해냈기에 제가 어떤 일

작가의 말

을 최고로 해내는지 알고 싶었거든요. 찾다 결국 못 찾
아서, 나중엔 영화 〈마이너리티 리포트〉나 〈가타카〉에서
처럼 내가 비록 그 일을 싫어하더라도 애초에 정해진 세
상이면 차라리 좋겠단 생각까지 했습니다.

그런데 말입니다. 그렇게 온갖 것들을 해봤더니 지
금에 와서는 소소한 것조차 전부 글 쓰는 데 도움이 되
더라고요. 방황했던 시간이 모두 '작가로서의 자산을
쌓는 시간이었나'라는 생각이 듭니다.

"인맥이 진짜 많은 것 같아요."

작업을 하다 보면 조사가 필요하거나 전문가의 의견
을 확인해야 할 때가 많습니다. 그럴 때 주변을 둘러보면
어떤 식으로든 도움을 받을 만한 사람들이 있습니다.

신기한 건, 일부러 그런 사람들을 사귀려고 의도한
게 아니라는 겁니다. 어릴 때부터 친했던 친구나 가족이
그런 일을 하게 되었다거나(경찰, 변호사, 연구자, 선생님, 의
사, 교도관…), 직장 생활을 하면서 다양한 분야에 종사하
는 동료(프로그래머, 디자이너, NGO 활동가…)들을 만난 덕입
니다.

이쯤 되니 (거창하게도) '결국 작가가 될 운명이었나'
하는 생각마저 듭니다.

사실 저에 관한 이야기보다는 수록된 작품들이 더 궁금하실 것 같습니다. 그럼, 지금부터 그 이야기를 해보겠습니다.

스포일러가 포함되어 있으니, 이 부분은 책을 다 읽고 나서 봐주시면 좋겠습니다(제발!).

〈푸른 수염의 방〉은 등단 이후 처음 발표한 작품입니다. 주인공인 연수가 그랬던 것처럼, 설 연휴 새벽에 갑자기 식은땀을 흘리며 잠을 깼던 제 경험이 작품의 출발점이 되었습니다. (물론 소설과 달리 저는 아마도 전날 과식해서 그랬을 것 같습니다만)

그런데 그 순간, 만약 내게 쌍둥이가 있었다면 분명 그 애가 위험에 빠졌다는 확신을 했을 거란 생각이 들었죠.

어릴 때 친한 쌍둥이 친구들이 있었는데, 그 친구들이 서로의 감정이 공감된다는 얘길 듣고 신기해했던 경험이 있었거든요. 외모는 비슷하지만 성격이 상당히 다른 두 사람과 함께한 시간 덕에 이 작품은 간단한 구성만으로도 물 흐르듯 재미있게 작업할 수 있었습니다.

제가 발표한 단편 중, 이 작품은 유독 많은 분들이 감상평을 전해주셨고 과분한 평가에 망설임 없이 표제작으로 선택했습니다.

　이 책으로 처음 저를 접하는 독자분들의 마음에도 들기를, 조심스레 바라봅니다.

〈G선상의 아리아〉는 《계간 미스터리》 신인상을 받았던 등단작입니다.

　우연히 N포털의 지식인 질문이 커뮤니티에 이미지로 돌아다니는 걸 보았습니다. 굉장히 현학적인 단어와 표현들로 가득했는데, 자세히 보면 내용이 모순되고 무얼 말하고 싶은지도 알 수 없는 글이었죠. 댓글에 등장한 한 전문가는 글쓴이가 조현병으로 의심된다고 했습니다.

　'이런 사람은 자신이 잘못되어 있다는 사실조차 인지하지 못하겠구나. 그러다 범죄까지 저지르게 될 것 같아'라는 생각에서 출발한 작품입니다. 그런 심적 상태를 가장 잘 보여줄 방법이 내레이션이라고 판단했고 녹음이라는 연출을 추가해서 범죄 미스터리로 구성했습니다.

　그런데 처음 조현병 환자의 상태를 보여주고자 의도했던 표현 방식(단어 사용을 이상하게 한다거나 두서없이 말하는 느낌)이 실제 문장으로 적었을 때는 작가의 문장력이 부족한 것처럼 보여서 오히려 역효과가 났습니다.

그래서 신인상 공모에 제출하기 전에 그런 부분을 많이 걷어냈고, 이번 단편선에 넣으면서는 아예 문장을 전면 수정했습니다. 외향적 연출보다는 주인공 내면으로의 몰입을 높이는 게 차라리 낫겠다고 판단했기 때문입니다. 부디 수정한 방향이 효과가 있기를 바랍니다.

〈연모〉는 이번에 여러분께 처음 선보이는 작품입니다.

이 작품은 사실 탄생 계기가 굉장히 웃픈데, 자세히 설명하자니 창피하고 번거로운 일이라 앞부분은 건너뛰고 결론만 말하자면, BL 드라마에서 영감을 받았습니다.

그 드라마에 등장하는 캐릭터 하나가 기존에 보지 못했던 캐릭터였습니다. 소시오패스에 가까워 보이는데 자신이 좋아하는 상대를 위해선 뭐든지 다 하는 인물이었습니다. 그런데 그게 일반 드라마에서 볼 수 있는 지고지순한 느낌이 아니라 지나친 집착과 계략으로 발현되더라고요(이걸 전문용어로는 집착공, 계략공이라고 합니다만).

그 캐릭터가 흥미로워서 저도 비슷한 캐릭터와 이야기를 만들어보고 싶은 열망으로 구상하게 됐습니다. 저쪽은 사랑 이야기지만 저는 미스터리적인 요소와 사건을 추가하고 반전도 도모했습니다. 그리고 그것들을 효과적으로 극대화하기 위해 서술 방식에도 신경을 썼

작가의 말

습니다.

처음 잡았던 가제는 〈내가 사랑한 소시오패스〉였습니다. 하지만 너무 뻔하고 오래된 느낌이라 고민하던 차에 지금의 제목을 발견했습니다. 작품의 반전과도 잘 맞아떨어져서 기쁘게 선택했습니다. 세종대왕님께 죄송하지만, 이럴 때만큼은 한자를 함께 쓰는 게 참 고맙습니다.

이 작품은 결말까지 다 보신 후 처음부터 다시 한 번 읽어봐주시면 좋겠습니다. 제가 나름 열심히 뿌려놓은 힌트를 새롭게 보는 재미가 있을 테니까요.

〈최고의 인생 모토〉는 제가 한창 퓨전 무협 웹소설에 빠져 있을 때 쓴 작품입니다. 그래서 초고는 지금보다 훨씬 가벼운 문체에 코미디 요소가 강했는데, 그 상태로는 어디에도 발표하지 못할 것 같아 정제를 거쳐 독자분들과 만나게 되었습니다.

사실 이 작품에는 처음으로(?) 자전적인 캐릭터가 등장합니다. 제가 30대 초반까진 선웅처럼 자기 잘난 줄만 알고 효율성도 엄청나게 따지는 인간이었으니까요. 하지만 아이러니하게도 혜주처럼 재미를 위해 많은 일을 비효율적으로 벌이기도 했습니다. 두 캐릭터 모두에 저의 면면이 녹아들었기에 쓸 때도 재밌었습니다.

후에 출판사 대표님을 통해서 원고를 교정봐주신 분의 감상('너무 재밌어서 화장실 가고 싶은 것도 참으면서 봤다')을 전해 듣고 진짜 기분이 좋았습니다. 이건 제 인생 모토를 표현한 작품이기도 한데, 그걸 인정해주는 독자를 바로 곁에서 만난 거니까요.

〈자라지 않는 아이〉는 오래전부터 써보고 싶었던 소재에서 출발했습니다.

저는 미국 드라마 〈왕좌의 게임〉의 존과 캐서린의 관계에서 발생하는 애증의 감정에 호기심을 갖고 있었습니다. 저도 한번쯤 그런 감정이 어떻게 시작하고 발현되는지 다루어보고 싶다고 생각하던 차에, 이은영 작가의 등단작 〈졸린 여자의 쇼크〉를 보고 환상소설 느낌으로 시도해볼 실마리를 잡았습니다.

이번에 수정하면서는 결말 부분에 대사를 조금 추가했습니다. 작품 전체에서 이름은 아이들의 경우에만 나오는데, 왜 주인공인 여자에게 이름을 붙여주지 않았는지 저조차 정확하게 몰랐습니다. 그저 감으로 어렴풋이 마무리했는데, 이번 작업으로 작품이 조금이나마 나아진 것 같아 다행입니다.

작가의 말

가끔 어느 날 갑자기 죽으면 가장 아쉬운 일이 뭘까 생각해보곤 합니다. 그런데 저는 인생의 대부분을 원하는 대로 살아왔기에 솔직히 후회되는 일이 별로 없습니다.

그래서 정말로 오늘 죽게 된다면, 내일 새롭게 세상에 나올 재미있는 이야기를 보지 못한다는 사실이 제일 슬플 것 같습니다. 그게 만약 내가 쓸 얘기라면, 독자인 저로서도 안타까운 일이 될 테고요.

그러니 오늘도 열심히 써보겠습니다. 재미있게요.

수록 작품 발표 지면

†

푸른 수염의 방
《계간 미스터리》
2021, 봄호

†

G선상의 아리아
《계간 미스터리》
2020, 가을겨울호

†

최고의 인생 모토
《계간 미스터리》
2022, 가을호

†

자라지 않는 아이
《계간 미스터리》
2021, 겨울호

푸른 수염의 방

초판 1쇄 펴냄 2023년 4월 28일
2쇄 펴냄 2024년 1월 5일

지은이 홍선주
펴낸이 이영은
편집장 한이
교정 오효순
디자인 일상의실천
홍보·마케팅 김소망
제작 제이오

펴낸곳 나비클럽
출판등록
2017. 7. 4. 제25100-
2017-0000054호
주소 서울특별시 마포구 동교로
22길 49 2층
전화 070-7722-3751
팩스 02-6008-3745
메일 nabiclub@nabiclub.net
홈페이지 www.nabiclub.net
페이스북 @nabiclub
인스타그램 @nabiclub

ISBN 979-11-91029-70-3(03810)